小学館文庫

死ぬがよく候〈三〉

花

坂岡 真

小学館

目次

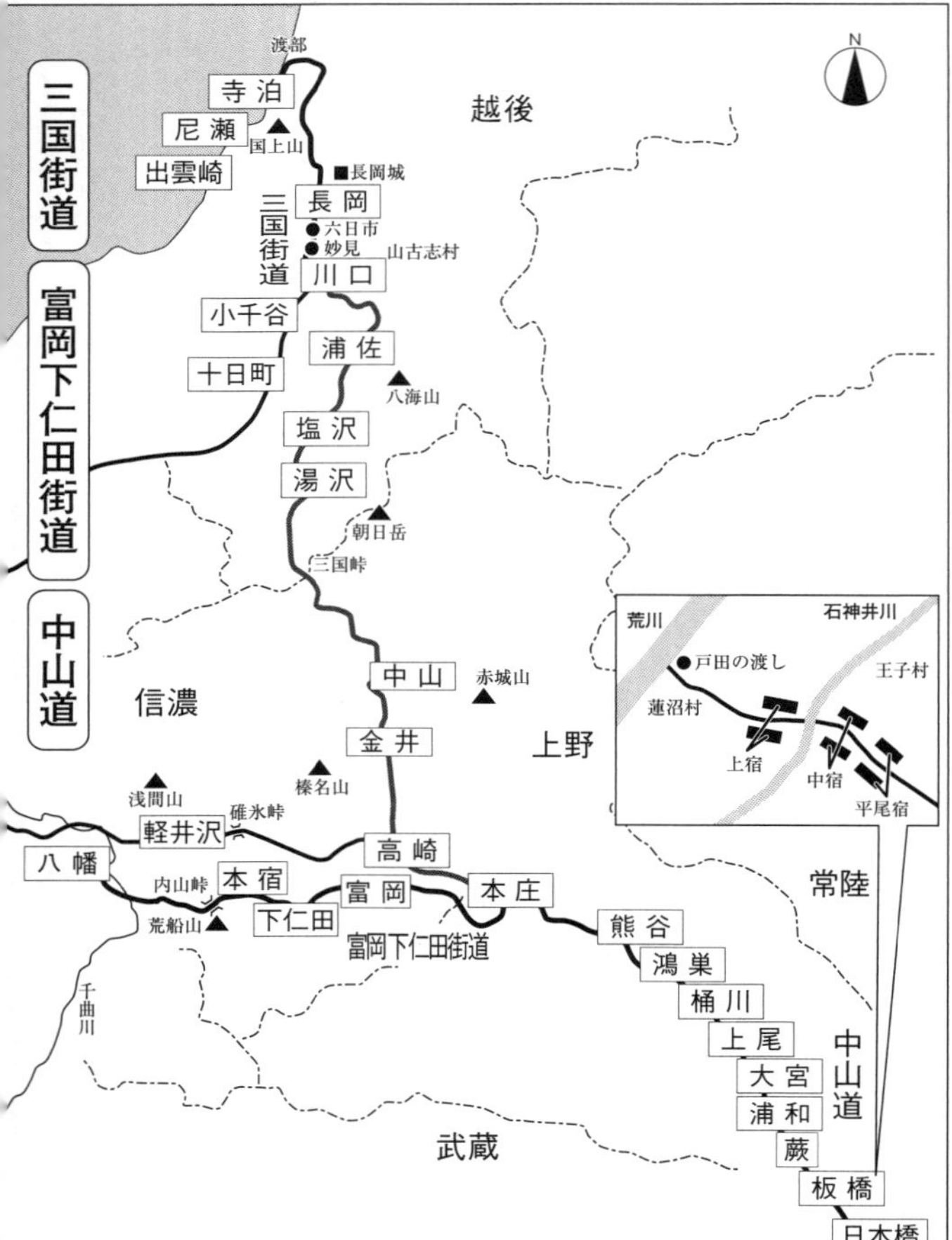
三国街道
富岡下仁田街道
中山道
渡部
寺泊
尼瀬
出雲崎
国上山
越後
長岡城
長岡
三国街道
六日市
妙見
山古志村
川口
小千谷
浦佐
十日町
八海山
塩沢
湯沢
朝日岳
三国峠
中山
赤城山
信濃
金井
上野
浅間山
榛名山
碓氷峠
軽井沢
高崎
八幡
内山峠
本宿
富岡
本庄
荒船山
下仁田
富岡下仁田街道
熊谷
鴻巣
桶川
上尾
大宮
浦和
蕨
板橋
日本橋
千曲川
中山道
常陸
武蔵
荒川
石神井川
戸田の渡し
王子村
蓮沼村
上宿
中宿
平尾宿

善光寺街道
中山道
N
黒姫山
越後
善光寺街道
小千谷
十日町
野沢温泉
黒姫山
戸隠山
信濃
苗場山
湯田中温泉
修善寺
小布施
善光寺
須坂
松代
桑原
麻績
上野
浅間山
小田井
追分
沓掛
軽井沢
碓氷峠
刈谷原
松本城
松本
村井
郷原
塩尻
洗馬
塩尻峠
諏訪湖
下諏訪
中山道
長窪
八幡
富岡下仁田街道
内山峠
本宿
荒船山
下仁田

死ぬがよく候〈三〉

花

魚沼《うおぬま》雪中不動石

天保《てんぽう》十年　如月《きさらぎ》

一

海は狂わんばかりに吼《ほ》えていた。

高波が牙《きば》を剝《む》き、岩礁に当たっては砕けちる。

一羽の海鳥が玉風《たまかぜ》に煽《あお》られ、白い布切れのように落ちていった。

と、つかのま、海鳥は荒波の狭間《はざま》から甦《よみがえ》り、力強く羽ばたきながら鉛色《なまりいろ》の空に溶けていく。

「ほう、飛んでいきよった」

まえを進む忠右衛門《ちゅうえもん》が、ひゅうっと口笛を吹いた。

都を逐《お》われた貴人のように、海鳥は遠流《おんる》の島をめざすのか。

越後《えちご》の寺泊《てらどまり》は古来より、佐渡へ通じる渡戸《わたりへ》として知られている。都人のみならず、水替人足として繋《つな》がれた者たちの過酷な旅はここからはじまる。

——ちりん。

波打ち際から、尼瞽女《あまごぜ》の奏でる鈴音が聞こえてきた。

凜烈《りんれつ》な冬の海原を面前にすると、おのれの小ささをいやが上にも感じさせられる。

伊坂八郎兵衛《いさかはちろべえ》は足を止め、哀《かな》しげな音色に耳をかたむけた。

ぼさぼさの総髪に無精髭《ぶしょうひげ》、身の丈六尺余りの体軀《たいく》に黒橡《くろつるばみ》の袷《あわせ》を纏《まと》い、腰には黒鞘《くろざや》に納まった大小を差している。用心棒稼業がすっかり板についた風情《ふぜい》だが、三年前の秋までは江戸南町奉行所の隠密廻《おんみつまわ》りを勤めていた。

吽形《うんぎょう》の力士像とも見紛《みまが》う風貌《ふうぼう》から「南町の虎」と恐れられ、悪党どもには蛇蝎《だかつ》のごとく嫌われた。一方、百姓町人の受けはよく、正義の味方を気取っていた時期もあった。

あのころは疑いもなく、十手《じって》持ちを天職だと信じていた。

ところが、悪事に手を染めた朋輩《ほうばい》を斬《き》ったことで運命《さだめ》は暗転する。役目を辞し、家も名も捨てる覚悟を決め、最愛の許嫁《いいなずけ》には別れも告げず、些少《さしょう》の路銀と打飼《うちが》いひとつ背負って江戸を飛びだした。

目途《もくと》もさだめずに東海道《とうかいどう》を駈《か》けのぼり、ようやくたどりついた京では島原遊廓《しまばらゆうかく》の端《はし》女郎《じょろう》に騙《だま》された。女犯《にょぼん》の濡《ぬ》れ衣《ぎぬ》を着せられ、凍てつく三条《さんじょうが》河原《わら》に晒《さら》されたのだ。

命からがら逃げのびたのちは、中山道《なかせんどう》の近江《おうみ》路をたどって彦根《ひこね》へ、琵琶湖《びわこ》東畔から北国《ほっこく》街道の加賀路をたどって金沢へ、さらには、阿漕《あこぎ》な人買いを追って能登《のと》半島の先端まで足を延ばした。そして、道中で知りあった山師の娘に懇願《こんがん》され、北国街道の越中路から越後路へ抜け、あげくのはてには金山のある佐渡へも渡った。

廻国《かいこく》修行の旅でもなければ、遍路《へんろ》の旅でもない。

風の向くまま運命にしたがい、浮雲のように流れていく。

それだけの旅だ。

街道の先々では、何人もの悪党を斬《つら》ってきた。

悪党といえども、人を斬るのは辛い。

不味《まず》い酒を浴びるほど呑《の》んだところで、罪業を洗いながすことはできなかった。

——げに恐ろしきものは、伊坂八郎兵衛の双手《もろて》豪撃《こわうち》なり。

音に聞こえた北辰一刀流《ほくしんいっとうりゅう》の千葉周作《ちばしゅうさく》をして、そう言わしめたほどの剣客でもある。

にもかかわらず、酒乱の癖《へき》を嫌われて剣術師範の口にありつけず、金貸しや地廻《じまわ》りの用心棒に堕《お》ちるしかなかった。

大酒を喰《くら》っては悪党を斬り、酒臭い息を吐きながらまた悪党を斬る。殺生の罪業を背負って修羅《しゅら》道を突きすすみ、海辺の村へ流れついた。日本海の荒波を枕にしながら、ひとつところに長逗留《とうりゅう》してしまったのだ。

――ちりん。

尼瞽女の鈴音は、いつのまにか遠ざかっていた。

「伊坂さま」

忠右衛門に大声で呼ばれ、八郎兵衛はわれにかえった。

菅笠《すげがさ》をかたむけた小柄な人物は、赤い鼻をひくひく動かしながら喋《しゃべ》る。

「この時化《しけ》じゃ流人船《るにんせん》は出せねえな。どんだけ金を積んでも漕《こ》ぎだす舸子《かこ》はいねえだろう。無駄足になってもかまわんかね」

「いいさ、あんたの頼みだ」

「そうけえ、わりいの」

京屋《きょうや》の屋号で呼ばれる野口《のぐち》忠右衛門は、苗字帯刀を赦《ゆる》された尼瀬《あまぜ》の名主《なぬし》だった。代官所にも顔が利《き》く。というより、新任代官の榊原兵庫《さかきばらひょうご》からなにかと頼りにされていた。

「人馬の継立《つぎた》てから夜伽《よとぎ》の手配まで、お代官さまはなんでもかんでもお申しつけになる。申しつけられるほうは、たまったもんじゃねえ」

あげくのはてには無宿人の護送までご命じになりんさったと、忠右衛門は嘆《なげ》いてみせる。

このたび江戸表《おもて》から送られてきた無宿人の数は二十人余りにおよんでいた。無宿というだけで右肘《みぎひじ》に佐渡の「サ」の字を入墨《いれずみ》された連中だが、なかには荒くれ者や破落戸《ごろつき》も混じっており、死罪に処されるべき札付きの悪党が紛《まぎ》れこんでいる例も少なくない。

忠右衛門の拠《よ》る尼瀬湊《みなと》は出雲《いずも》崎《ざき》湊の隣にあり、流人船の待つ寺泊にいたる四里弱が無宿人を護送する道程《みちのり》だった。暴動や逃走などの過《あやま》ちが起きぬよう、忠右衛門は代官から「村の若《わか》い衆《し》を掻《か》きあつめてこい」と命じられている。

「無理なはなしだわ」

冬場は椋鳥《むくどり》となって江戸へ出稼ぎに出ている者が多く、若い連中は集まらない。それを知っていながら、代官の榊原は無理難題を押しつけてきたのだという。

「若い衆がおらんようなら、代わりに腕の立つ浪人者を連れてこい。そうやって、お代官さまにねじこまれましてのう」

「断っておくが、腕の保証はできぬぞ」

「ご謙遜《けんそん》なされるな」

昨夏、野原の花菖蒲《はなしょうぶ》が咲き終わるころ、八郎兵衛は佐渡から舞いもどった。

その足で尼瀬の野口邸を訪れて一宿一飯を乞うつもりが、三日、五日と引きとめられ、気づいてみれば滞在は半年余りにおよんでいた。

なにもせずにただ飯を食らっているのも心苦しくなり、年が明けてから良寛《りょうかん》に縁《ゆかり》のある国上《こくじょうじ》寺内へ居《きょ》を移したものの、忠右衛門は見返りも求めず、今でもなにくれとなく面倒をみてくれる。

もちろん、理由はあった。

よそ者の薄汚い浪人者を理由もなしに厚遇する名主はいない。

八郎兵衛は山師の娘に懇願され、佐渡の金銀山に関わった悪代官の不正を暴いた。しかも、相川《あいかわ》湊で威勢を張っていた鬼六《おにろく》一家をも潰滅《かいめつ》させてみせた。その後、風のように島を去ったが、島人たちは八郎兵衛の風貌をおぼえていた。

「隆《りゅう》とした一本眉《まゆ》に恐ろしげなぎょろ目、長太い天狗《てんぐ》鼻に分厚い丹唇《くちびる》。ぬふふ、どう眺めても伊坂さまじゃ。斬れ味の鋭い刀を縦横無尽に振りまわし、悪党どもにしてみりゃ地獄で閻魔《えんま》とはこのことだ、とね。口には出さずとも、尼瀬の連中はみんな知っておりますよ」

村人のなかには「鬼殺しの旦那《だんな》」と秘《ひそ》かに呼ぶ者もいるという。

「鬼殺しだと」

「鬼六を屠《ほふ》ったから鬼殺しですわ」

「勝手に綽名《あだな》をつけおって、迷惑な連中だ。それにしても、代官はよほど困っておるようだな」

「なんでも、一刻も早く佐渡送りにしたい男が紛れておんのだとか」

「ほう」

本来なら唐丸駕籠《とうまるかご》で江戸へ送りもどさねばならぬほどの罪人らしい。

「盗人《ぬすつと》かい」

「荒稼ぎの首魁《しゆかい》ですわ。名はたしか、霞《かすみ》の……」

「丑松《うしまつ》か」

「おう、それそれ。よくご存じで」

「霞小僧といえば、いっときは江戸市中を席捲《せつけん》したほどの悪党一味さ」

商家への押しこみ強盗や武家の妻女を狙《ねら》った辻《つじ》強盗、勾引《かどわかし》に騙《かた》りに火付けまで、悪事と名のつく所業ならばなんでもござれ、首魁の丑松は神出鬼没なうえに残虐《ざんぎやく》非道な手口で知られる悪党のなかの悪党にほかならない。

隠密廻りのころ、丑松の影を幾たびか追ったことがあった。

「不思議と捕まらねえんだ」

役人のなかで顔を知る者もいなかった。

「さようですか」

忠右衛門はさほど驚いた様子でもない。

江戸から遠く離れた地にいると、他人事《ひとごと》のように感じられるのだろう。

無宿人たちは厳重な警戒のもと、上州の高崎経由で三国峠《みくにとうげ》を越え、何日も掛けて三国街道を北上してくる。

無宿のひとりが丑松ではないかという疑惑は、尼瀬の代官所に矢文《やぶみ》が射られたことからもちあがった。文には人相書きが描かれ、余白に朱文字で「霞の丑松」と殴り書きされてあったという。

「無宿のなかに、人相書きに似た男がおったのか」

「それがおったのですよ」

代官は困りはてた。

文は誰《だれ》かの悪戯《いたずら》かもしれぬ。さりとて捨ておくわけにもいかず、人相書きの男を拷問蔵に押しこめ、三日三晩、笞《むち》打ちと石抱き責めにしたのだ。

男は口を割ろうとしなかった。そうした強情《ごうじょう》さがかえって疑惑を深めた。

「ただし、お代官さまは厄介事《やっかいごと》を抱えこみたくねえ」

適当なところで尋問を切りあげ、男をさっさと流人船に乗せてしまいたいというのが本音らしい。

「けっ、いい加減な野郎だ」

疑惑の男が丑松ならば、江戸市中引きまわしのうえ磔《はりつけ》獄門は免《まぬが》れまい。むかしの自分であれば、口書きを取るべく粘り腰であらゆる責め苦を与えているところだ。

「伊坂さま、そう仰《おつしや》いますな。やたらに責めて死なせるよりは、佐渡に送ったほうがましでしょう」

「甘いな。護送の途中で男に逃げられでもしたら、代官の首は飛ぶぞ。この件に関わった連中もただでは済まされまい。名主どのも他人事ではないぞ」

「それはまずい。伊坂さま、その男が丑松ならばどうなりましょう」

「下手《へた》を打てば、死人が出る」

「まさか」

忠右衛門は身震いしながらも、すぐに気を取りなおした。

「なあに、心配はいらねえ。伊坂さまに助けてもらえりゃ千人力だ」

「申したであろう。頼られても困ると」

「まあ、どっちにしろこの悪天候でごぜえます。流人船が出せぬようなら、刀を抜くこともありますまいて」

「そう願いたいな」

ふたりはしばらくのあいだ、黙々と歩きつづけた。

やがて、曇天の彼方《かなた》に尼瀬の湊がうっすらとみえてきた。

賑《にぎ》わう季節には五百石船が入り江に所狭しと舳先《へさき》を並べる湊も、今は閑散としたものだ。

そろそろ、この土地を離れねばなるまい。

八郎兵衛は寒そうに襟《えり》を寄せ、真っ白な溜息《ためいき》を吐《つ》いた。

二

ふたりは代官所の敷居をまたぎ、御用部屋でしばらく待たされた。

出雲崎は北国街道越後路の要衝、七万石の天領にほかならない。

金銀の陸揚地《りくあげ》にして幕府領米を積みだす拠点でもあり、湊は重要視されていた。代官所はたいそう立派な門構えの陣屋で、看板には「出雲崎代官所」とあるにもかかわらず、出雲崎湊と隣りあう尼瀬湊に拠《よ》っている。

出雲崎湊は天明《てんめい》のころから遠浅になり、大きな船が入港できなくなった。そのために隣の尼瀬湊を使わざるを得ず、今ではこちらのほうが隆盛をきわめているのだと、名主の忠右衛門は胸を張る。

尼瀬からは大坂にむけて、年に八万俵もの米が積みだされるという。

衰退著《いちじる》しい出雲崎の人々にしてみれば、羨《うらや》ましいかぎりだろう。

越後の狭い天領内でも、利権をめぐる小競《こぜ》り合いはある。

出雲崎湊の名主は橘屋《たちばなや》山本《やまもと》家と称し、八年前に示寂《じじやく》した良寛の実家だった。俗世を離れて自由気儘《きまま》な生き方を貫いた良寛は、寺泊を眼下にのぞむ国上山《くにがみやま》中腹の五合庵《ごうあん》に長く暮らした。

五合庵は国上寺の境内《けいだい》にある。

八郎兵衛が同寺への寄宿をのぞんだのも、飄然《ひようぜん》とした良寛の生き様に憧《あこが》れてのことだった。

暮らしはじめた当初、和尚《おしよう》に教わった逸話は忘れられない。

「今から十年余りまえ、文政十一年冬のことじゃった」

五里ほど内陸に位置する三条見附の一帯が大地震に見舞われた。そのとき、多くの死傷者を出した被災地で造り酒屋を営んでいた知人へ、良寛は見舞いの文を出した。

――災難にあう時節には災難にあうがよく候《そうろう》　死ぬる時節には死ぬがよく候　これはこれ災難をのがるる妙法にて候

文には、そのように綴《つづ》られていたという。

「世の中には人の力ではどうにもならぬものがある。いかに辛かろうとも世の無常を黙然《もくねん》と受けいれ、それでも人は生きながらえていくしかない。良寛さまは達観することによってより強く生きぬく覚悟を説いたのではないかと、拙僧《せっそう》は考えておるのじゃよ」

――死ぬがよく候

爾来《じらい》、含蓄のある良寛のことばを、八郎兵衛は折に触れて口ずさむようになった。

屋外では凩《こがらし》が吹きあれ、障子戸《しょうじど》も震えるほどだ。

代官の榊原兵庫は騒々しく御用部屋へあらわれるなり、挨拶《あいさつ》もせずに切りだした。

「京屋よ、やはり流人船は出せぬのか」

忠右衛門は襟を正す。

「どう転んでも無理にございます。冬の海に漕ぎだすのは、みずから死ににいくようなもので」

「冬じゃと」

榊原は眸子《まなこ》を三角に吊《つ》りあげた。

「忠右衛門よ、もはや暦《こよみ》は啓蟄《けいちつ》ぞ。江戸では今ごろ梅が咲いておるわ」

「江戸と越後はちがいます」

「ならば、幾日待てばよい」

「はて、海鳥にでも訊《き》いてみますか」

「戯《ざ》れ言《ごと》を抜かしおって、この」

榊原は悪態を吐き、上座にでんと腰を落とす。

よくみれば、辣韮《らっきょう》頭《あたま》の貧相な四十男であった。

重罪人の扱いに不慣れなことは一見すればわかる。

数カ月前までは勘定所の小役人として、日がな一日算盤《そろばん》を弾《はじ》いていたのだろう。

代官に課された主な役目は年貢米のとりたてだ。全国の天領に散らばった代官たちは勘定奉行の支配下にあり、たいていは勘定所の中堅役人から選抜される。

旗本役としては最低の百五十俵取りにすぎぬものの、任された土地の治安を守る公《く》事方もこなさねばならず、おのれの責任において罪人を裁く手限仕置権をも与えられている。

そのため、代官の役得は莫迦《ばか》にならない。盆暮れの付けとどけはもちろん、名主を通じて頻繁に賄賂《わいろ》がもたらされる。地方の代官を三年も勤めれば蔵が建つともいわれていた。

ただ、榊原に関していえば、着任早々から不運に見舞われたというべきだろう。

「ほとほと困った。矢文のせいで夜も眠れぬ。ほかの無宿も牢《ろう》のなかで色めきたっておるのだ。それを抑えつけるだけでも骨が折れてのう」

八郎兵衛は紹介されてもいないのに、横合いから代官に毒づいた。

「困ったあげくに咎人《とがにん》と疑わしき者を佐渡へ送り、知らぬ顔で通すおつもりか」

「何じゃと。浪人づれが生意気な口を利きよって」

榊原は辣韮頭を怒りで赤く染めたが、八郎兵衛はいっこうに怯《ひる》まない。

「浪人づれでわるうござったな」

「くっ……きょ、京屋。おぬしの申した鬼殺しとは、そやつのことか」

「いかにも。こちらが鬼六一家を葬った御仁《ごじん》、伊坂八郎兵衛さまにござります」

「ん、待て。その名、どこかで聞いたことがあるぞ」

辣韮頭はしばし考えこみ、ぱんと膝《ひざ》を打った。

「お、そうじゃ。江戸の南町奉行所におったわ。伊坂八郎兵衛なる一本眉の隠密廻りがのう」

「……お、隠密廻りですと」

忠右衛門は仰天し、八郎兵衛の横顔に目を貼りつけた。

「伊坂さま、それはまことにござりますか」

「古いはなしさ」

「なんとも、おひとがわるい。なぜ、黙っておいでに」

「余計なことは喋らぬがよかろう」

榊原がぐっと身を乗りだしてくる。

「やはり、そうであったか。おぬしは南町の虎と呼ばれ、悪党どもに恐懼《きょうく》されておったな。しかも、玄武館《げんぶかん》ではかの千葉周作をも打ち負かしたであろう。わしが通いつめた練兵館《れんぺいかん》でも噂《うわさ》にのぼったものじゃ」

「練兵館といえば、神道無念流《しんとうむねんりゅう》でござるか」

人はみかけによらぬものだと、八郎兵衛はおもった。

北辰一刀流の玄武館、鏡新明智流《きょうしんめいちりゅう》の士学館《しがくかん》と並び、練兵館は江戸三大道場のひとつに数えられる。しかも、神道無念流は剛毅《ごうき》さで知られる流派、軟弱な勘定方が通う道場ではない。

「伊坂よ、おぬしは居合《いあい》の達人と聞いた。修めた流派は」

「立身流《たつみりゅう》にござる」

「なるほどの。それにしても、うらぶれたものよ。浪人暮らしは辛かろう」

「いっこうに」

八郎兵衛は顔をあげ、わるびれた様子もなく応じた。

「気儘暮らしが性にあってござる」

「気儘暮らし……もしや、それが不浄《ふじょう》役人を辞めた理由か」

「あるいは、そうかもしれませぬ」

「にしてもじゃ、世の中には食いつめどもが溢《あふ》れておるというに、もったいないはなしではないか」

鼻白《はなじろ》んだ顔を向けても、榊原は問いをやめない。

「剣客稼業で食っておるのか。これまで何人斬った」

「さあて、憶《おぼ》えておりませぬな」

「どうじゃ、わしの手下にならぬか。いろいろと便宜を図ってやるぞ」

「御免蒙《こうむ》る」

八郎兵衛は憤然と言いはなち、刀を摑《つか》んで尻《しり》を浮かす。

「待て待て」

榊原はうろたえたように掌《て》をあげた。

「へそを曲げるな。京屋から経緯《いきさつ》は聞いておろう。無宿のなかに重罪人が紛れておる恐れがあってな、わしにちからを貸してくれぬか」

「ちからを貸すとは」

「尋問をやってほしいのじゃ。南町の虎と評されたおぬしなら白状させられるやもしれぬ」

なるほど、男の顔をみただけで霞の丑松かどうかを見定める自信はある。

しかし、気乗りがしない。代官なんぞに手を貸したくないからだ。

榊原はすかさず、痛いところをついてきた。

「おぬしは京屋にずいぶん世話になったはずじゃ。忠右衛門の頼みなら無下《むげ》に断ることもできまい、のう」

かたわらの忠右衛門が阿吽《あうん》の呼吸で応じ、畳に額《ひたい》を擦《こす》りつけてみせる。

「伊坂さま、このとおりにござります。どうか、お代官さまにおちから添えを」

「ちっ」

八郎兵衛は舌打ちし、榊原に向きなおった。

「そいつが丑松なら、どうなさる」

「江戸へ送りかえすしかなかろう」

「丑松は極悪人ゆえ、佐渡送りにはせぬとこの場でお約束いただきたい」

「ああ、約束しよう。おぬしの顔をみて気が変わった。あれほどの強情者をどうやって落とすのか、この目でみてみたくなったのよ」

「ならば、詮方《せんかた》あるまい」

「ほ、受けてくれるか」

「ただし、条件がござる。褒美《ほうび》を戴《いただ》きたい」

「なんじゃと」

「口書きをとったら十両。いかがかな」

「ふん、足許《あしもと》をみおってこの野良犬めが」

榊原は渋々ながらも応じ、八郎兵衛はさっそく拷問蔵に繋《つな》がれた男と対面することになった。

三

凍えるような寒さを怺《こら》え、鍵役《かぎやく》の案内で長い廊下をくねくねと曲がった。

無宿人を溜《た》めておく牢は「遠島部屋」と呼ばれ、敷地内の一隅にある。

二間《けん》四方の板間は、三方を板壁に囲われていた。

細長い廊下に面した内鞘《うちざや》は縦の木格子《きごうし》になっており、囚人たちは留口《とめぐち》と称する三尺の潜《くぐ》りから入牢する。留口外には鍵役のほかに牢屋同心ひとりと牢屋下男《しもおとこ》ふたりしか詰めておらず、まことに心もとないかぎりだった。

「この時節の佐渡送りはめずらしいことゆえな、捕吏《ほり》の数も減らされておるのでござるよ」

と、鍵役は嘆いた。

もっとも、無宿人の拘留《こうりゅう》は短い期間なので、過ちの起きる恐れはまずない。

遠島部屋には牢名主も置かれておらず、ここ数年は無宿人同士で私刑がおこなわれたこともなければ牢破りもないという。

遠島部屋の隅には、落間《おちま》と呼ばれる雪隠《せっちん》があった。

糠味噌樽《ぬかみそだる》なども置かれているため、異様な臭気がたちこめている。

「腹あ減った。飯を寄こせ」

などと叫ぶ無宿人どもはいずれも亡者《もうじゃ》のように痩《や》せこけ、血走った眸子を爛々《らんらん》とさせていた。

八郎兵衛は木格子を握る連中の顔を眺め、知った顔がいないか、怪しい者が紛れこんではいないか、ひととおり確かめてみた。

「いかがでござろう」

龕灯《がんどう》を手にした鍵役が尋ねてくる。

「おらぬようだ」

「さようにござるか。なれば、さっそく拷問蔵へ」

鍵役によれば、件《くだん》の男は丸三日のあいだ物相飯《もっそう》一杯食っていない。

それどころか、極寒のなかで笞打ちと石抱き八枚の責めを繰りかえし受けていた。

八郎兵衛は熟知している。

生身のからだを痛めつける笞は長さ一尺九寸、真竹二本を麻苧《あさお》に包んで観世縒《かんぜよ》りを巻きつけた代物だ。たいていの者は、五十回も叩《たた》かれれば気絶する。

一方、石抱きは罪人を泣柱《なきばしら》に後ろ手で縛りつけ、三角板を五本並べた十露盤《そろばん》板のうえに正座させる。そして、重さ十三貫目の伊豆石《いずいし》を一枚また一枚と膝《ひざ》に載せていく。石抱き八枚で三日なら、足腰が立たぬほどの苦痛を与えられているはずだった。

「男はぐったりしておりますが、貝のように口を閉ざしておりましてな。仕舞《しま》いには石抱きの中途で息を止める妙手までおぼえる始末。正直、手を焼いておりまする」

「咎人のなかには、いくら責めても苦痛に酔う者がある。ひょっとすると、そうした輩《やから》かもしれぬな。ま、ともかく顔を拝んでやろう」

遠島部屋を通りすぎ、いちど外へ出なければ拷問蔵へはたどりつけない。

すでに陽《ひ》は落ち、敷地内には寒風が吹きあれていた。

根雪の狭間に掘られた雪道を、八郎兵衛は暗澹《あんたん》としたおもいで進む。

ことによったら、この手で責め苦を与えねばなるまい。

そうおもうと気が滅入《めい》るのだ。

相手がいかに残忍な悪党であっても、生身のからだに苦痛を与えるのは楽しいものではない。

土蔵は腰のあたりまで雪に埋まっていた。

重厚な石の扉を開いた途端、饐《す》えた臭《にお》いに鼻をつかれる。

小便と糞が、わざと垂れながしにされているのだ。

龕灯で暗闇《くらやみ》を照らすと、異様な光がふたつ閃《ひらめ》いた。

目だ。

男は半裸のまま、隅に繋がれていた。

蔵のなかは狭く、天井に近い小窓から北風が吹きこんでくる。

八郎兵衛は鍵役から龕灯を受けとり、男の面前へ屈《かが》みこんだ。

すっと、灯《あか》りを翳《かざ》す。

男は顔を背けた。

肋骨《あばら》のめだつ胸は黒く変色し、石抱きで痛めた膝は震えている。

「お目に掛かったことのない顔だな」

残忍さを裡《うち》に秘めた面付《つらつ》きだが、丑松ではないと八郎兵衛は直感した。

「眼差《まなざ》しに脅《おび》えがある」

霞の一党を束ねるほどの男ならば、どのような相手にも弱味をみせまいとするはずだ。

八郎兵衛は落ちついた口調で鍵役に命じた。

「縄を解《ほど》いてくれ」

「え、それは……榊原さまのお許しが要《い》ります」

「案ずるな。こやつの扱いは代官に一任されている」

「されば」

鍵役が縄を解くと、男は水母《くらげ》のように四肢を弛緩《しかん》させた。

八郎兵衛は温石《おんじやく》をとりだし、男の膝へ押しつけてやる。

「寒かろう。暖めるがよい」

男はなにもこたえず、温石を抱えこんだ。

蒼白《あおじろ》い頬《ほお》に、わずかな赤味が差してくる。

八郎兵衛は鍵役に目配せし、蔵の外で待つように命じた。

鍵役が退《ひ》くのを確かめ、男の耳にそっと囁《ささや》いてやる。

「腹は減らぬか。熱い粥《かゆ》を食わしてやるぞ」

「ちっ」

男は弱々しいながらも啖呵《たんか》を切った。

「さんざ痛めつけたあとで、飴《あめ》をしゃぶらせる気か」

「ふふ、喋りおったな。その調子だ」

「くそったれ。おれは霞の丑松なんかじゃねえぞ」

「わかっておる」

「へっ」

八郎兵衛は微笑《ほほえ》み、みずからの面《おもて》を龕灯に照らしだす。

「この顔に見覚えは」

当てずっぽうに鎌《かま》をかけると、男は「ひっ」と喉《のど》を引きつらせた。

「……み、南町の虎かよ」

「やはり、知っておったか」

「佐渡帰《げえ》りのだち公に聞いたことがあっぞ。野《や》に下った虎が流人の島で大暴れしたってな。相川の悪代官を葬り、河岸《かし》の破落戸どもをこっぴどく懲《こ》らしめたっていうじゃねえか。悪党仲間のあいだじゃ、けっこう知られたはなしだぜ」

「ほう、わしはそれほどの有名人か」

「あんたは、江戸で威張り腐った上役の与力《よりき》に楯突《たてつ》いた。それだけじゃねえ。おなじ隠密廻りの悪事を見逃せず、そいつを斬って江戸を捨てた。いっときはな、そんな与太話も悪党仲間の噂にのぼったもんだ。でもよ、調子に乗らねえほうがいい。あんたを恨《うら》んでいる野郎はごまんといる。嘘《うそ》だとおもうんなら、関八州《かんはっしゅう》に一歩でも近づいてみな。へへ、すぐさま寝首を掻かれて、お陀仏《だぶつ》だろうぜ」

「おもしれえじゃねえか」

「受けて立とうってのかい」

「さあな。ところで、おめえは霞小僧の一味だな」

「……ど、どうしてわかる」

「簡単なことさ。おめえは一味から足をあらいたくなった。もちろん、足抜けは死を意味する。脳味噌をしぼったあげく、水替人足として佐渡へ渡る手をおもいついた。水替人足なら、ほとぼりがさめたら娑婆《しゃば》へもどってこられるからな」

縄を打たれて三国街道をくだってきたまではよかったものの、あと一歩のところで丑松の追っ手にみつかった。

「おおかた、矢文は佐渡送りを阻《はば》む手管《てくだ》にちげえねえ。おめえもそれに気づいた。ふん、どうせそんな筋書きだろうぜ。その脅えた目をみりゃわかる」

男はことばを失い、胸を抱えて震えだす。

八郎兵衛は痩せた肩に優しく手を置いた。

「なにもかも白状すれば、代官に頼んで罪一等を減じてやるぜ。望みどおり、島送りにしてやってもいい」

「……も、もう遅《おせ》え。やつらは地獄の涯《は》てまで追ってくる。それによ、役人なんざ信用できねえ。丑松とつるんでいるって噂もあっからな」

「知ってのとおり、おれは役人を辞めた。喋ってみろ。わるいようにはせん」

重い沈黙ののち、男はあきらめたようにうなだれた。

「わかったよ。おれの名は粂次郎《くめじろう》だ」

無宿左官粂《さかんくめ》こと粂次郎。齢《とし》は二十六で生国は越後、長岡《ながおか》城下のさきにある小千谷《おぢや》で生まれたという。

「椋鳥《むくどり》か」

「そうさ」

八年前に江戸へ出稼ぎにのぼり、数年は真面目《まじめ》に働いた。ところが、不景気のせいで職を失ってからは、酒と博打《ばくち》にのめりこんだ。

「金欲しさにこそ泥をかさね、気づいてみりゃ霞小僧の一味だったのさ」

日本全土に飢饉《ききん》の暗雲が垂れこめたころのはなしだ。地方には餓《う》えと疫病《えきびょう》が蔓延《まんえん》していた。間引きや身売りが日常茶飯事におこなわれ、首を縊《くく》る者も多く、幼子たちは路頭に迷った。城下町では略奪放火が頻発し、筵旗《むしろばた》を掲げた百姓たちの打ち壊しもめずらしいことではなくなっていた。

「ひでえ世の中さ。金持ちの商人《あきんど》だけは米相場で儲《もう》け、丸々と肥《ふと》っていやがった。そいつらから金を盗むのが生き甲斐《がい》になった。一味になりたてのころは義賊を気取っていたもんだ」

　機転の利く粂次郎は丑松に気に入られ、盗んだ金品の出納《すいとう》をまかされるほどにまで出世した。だが、虫けらも同然に人を殺《あや》める丑松の酷薄さに耐えられなくなったのだという。

「それで足抜けを」

「ああ、そうさ。丑松は裏切り者をぜったいに許さねえ。でもな、狙いはおいらなんかじゃねえ。おいらが掠《かす》めとった金さ。へへ、ぜんぶで二千両ある」

「なるほど、それなら敵も命懸けだな」

「丑松はお宝をかならず目の届くところに隠しておく。盗むのに苦労したぜ」

　命知らずにもほどがある。

「丑松は恐《こえ》え男さ。でもな、もっと恐えのがいる」

「誰だそいつは」

「死神さ。素姓もわからねえ。丑松の後ろに控えていやがるでっけえ悪党だ。足抜けを決めたほんとうの理由は、そいつのことを知っちまったせいさ」

「死神をみたのか」

「ああ、背筋が凍りついたぜ。その野郎は理由もなく、仲間のひとりを串刺《くし》しにしやがった。屍骸《むくろ》の腹から小腸《ひゃくひろ》を剔《えぐ》りだし、美味《うま》そうに啖《くら》ったのさ」

粂次郎は眼差しを土間に落とし、腫《は》れた紫唇をぶるぶる震わせた。

八郎兵衛は携えてきた綿入れをひるがえし、肩に羽織らせてやる。

「あんた、二千両の隠し場所を訊《き》かねえのかい」

「訊いても喋るまい。何度も言うが、おれは不浄役人を辞めた。今は用心棒で食っている男だ」

「用心棒なら、おいらを守ってくれ」

「阿呆《あほう》、小悪党の用心棒なんぞできるか」

「それもそうだな……だったら、おそめの身を守ってくれねえか」

「おそめとは」

「たったひとりの妹さ。小千谷縮《ちぢみ》の織り娘《こ》でな、『信濃屋《しなのや》』っていう縮問屋を訪ねてもらえば居所はわかる」

粂次郎はふっと笑った。

ひょっとしたら、おそめは何らかの方法で二千両のありかを報《しら》されているのかもしれない。粂次郎は「金のありかをつきとめて好きなだけ報酬をとってくれ」とほのめかしているのだ。

「ほかに身内はいねえ。おいらが死んだら、おそめは天涯孤独になっちまう」

それが不憫《ふびん》でならねえと、小悪党は洟水《はなみず》を啜《すす》る。

どんな悪党にも、情けの欠片《かけら》は残っている。

人生の終末を悟った途端、改悛《かいしゅん》の情が溢れてきたのか。

粂次郎の眼差しは真剣そのものだった。

死を覚悟した者の強い意志すら感じられた。

が、いまさら遅い。

悪党の頼みに耳を貸すほど、八郎兵衛もお人好《よ》しではない。

丑松たちもいずれは見当をつけ、おそめを血眼《ちまなこ》になって捜そうとするだろう。

依頼を承《う》ければ、この身が危険に晒されることにもなりかねない。

「あんたなら、丑松たちを始末できるかもしれねえ。頼む。な、後生だ。おそめの命を守ってくれ」

八郎兵衛は首を縦に振らず、かといって拒みもせず、縋《すが》りつく粂次郎の手を振りほどいた。

四

三日後、ひさしぶりに快晴となった。

一朶《いちだ》の雲もない蒼天《そうてん》に白い海鳥が群れ飛んでいる。

嘘のように凪《な》ぎわたった寺泊の海に、一艘《いっそう》の船が浮かんだ。

船尾に立てられた白木綿《しろもめん》の幟《のぼり》には「るにんせん」とある。

尼瞽女が桟橋の片隅で一心に祈りを捧《ささ》げていた。

縄に繋がれた無宿人どもが阿弥陀《あみだ》の声に導かれ、ぞろぞろと乗船していく。

塗笠《ぬりがさ》姿の榊原兵庫は頃合いよしとみさだめるや、厳《いか》めしげに軍配を振った。

「出帆《しゅっぱん》せよ」

「へい」

舸子《かこ》たちが一斉に応じてみせる。

纜《ともづな》を解かれた流人船は村人らに見送られ、静かに水脈《みお》を曳《ひ》きはじめた。

八郎兵衛は桟橋から遠ざかる船尾を睨《にら》みつけた。

「なにやら、後味がわるうござります」

名主の忠右衛門が隣でつぶやき、おなじように顔を曇らせる。

八郎兵衛は代官の榊原に、無宿左官粂こと粂次郎の名を告げた。だが、霞小僧の一味という素姓には触れなかった。

おかげで嫌疑を免れた粂次郎はほかの無宿人同様、佐渡送りになるはずだった。ところが、尋問をおこなった翌日の未明、粂次郎はみずから舌を嚙《か》みきって死んだのだ。

「可哀相《かわいそう》に。きっと責め苦に堪えかねておったのでしょう」

それはちがう。

死神の恐怖に脅え、衝動で命を絶ったのだ。

危うい徴候を察していながら、八郎兵衛にはなにもできなかった。

忠右衛門は妙なことを口走る。

「そういえば、粂次郎が死んだ日、江戸表から御目付《おめつけ》さまのご使者と名乗るお方がみえましてな、お代官さまに粂次郎のことを根掘り葉掘り訊いていかれたそうでござります」

「目付の使者か。めずらしい客だな」

「甘利左門《あまりさもん》さまと仰《おお》せになり、お代官さまとは剣術道場のご同門だとか」

「ほう、神道無念流の遣《つか》い手《て》か」

「伊坂さまもご存じで」

「いいや、知らぬな」

「甘利さまはどうやら、内密の探索でいらっしゃったご様子。やはり粂次郎なる者、霞の一党に関わりがあったやもしれぬと、お代官さまは嘆息なされた次第。されど、死人に口無しとはよく言ったもので、すべては闇に葬られてしまいました」

八郎兵衛は相槌《あいづち》も打たず、表情も変えずに海をみつめた。

すでに、旅仕度《じたく》になっている。

「どうしても、お発《た》ちなさるのか」

名残惜《なごりお》しそうな忠右衛門に問われ、じっくりうなずいた。

「名主どのには世話になった。ことばでは礼を言い尽くせぬほどにな」

「とんでもないことでございます。もうすぐ、越後も芽吹きの季節を迎えます。旅立たれるにはちょうどよい頃合いかも」

「ふむ。越後の冬を知る者ならどこへ行こうと生きていけると、国上寺の和尚に教わってな」

「それは至言。厳しい冬が芽吹きの季節を待ち遠しくさせてくれるのです。して、これよりどちらへ」

「はて」

「風の向くまま気の向くまま。羨ましい」

忠右衛門に別れを告げ、八郎兵衛は三国街道を上りはじめた。

南へ。

自然、足は小千谷へ向かった。

——おそめの命を守ってくれ。

という小悪党の遺言に動かされた恰好《かっこう》だが、二千両の所在も気になっている。

信濃川に沿って地《じ》蔵堂《ぞうどう》、与《よ》板《いた》と通りすぎ、長岡までは八里余り。七万四千石の長岡藩を治める牧野《まきの》氏は老中職をもつとめた譜代の家柄だ。藩是《はんぜ》に「常在戦場」を掲げた気風は質実剛健、藩の象徴でもある長岡城は悠久《ゆうきゅう》山《ざん》にでんと構え、外郭が兜《かぶと》の鉢金《はちがね》に似ているところから「苧《お》引形兜《びきがたかぶと》城《じょう》」とも呼ばれている。

八郎兵衛は長岡城下に一夜の宿をとり、翌朝になって雪深い魚沼《うおぬま》の地へ足を踏みいれた。

六日《むいか》市《いち》、妙見《みようけん》と過ぎれば、小千谷までは二里となる。

ものの本に「北方丈《じようせつ》雪の国」と記されただけあって、年の暮れに積もった根雪はまだ深いものの、ほろほろと降るはだれ雪が薄ら陽に煌《きら》めいていた。

純白のなかにみつけた真紅の一点は、藪椿《やぶつばき》の花であろうか。

村の家々からは、機織《はたおり》の音がとんからりんと聞こえてくる。

八郎兵衛は杉材を堅固に積んだ堰《せき》に立ち、滔々《とうとう》と流れる信濃川を見下ろした。

平穏にみえるこの村も幾度となく豪雨による洪水の被害を受け、大飢饉に見舞われてきた。人々は米糠や豆腐滓《かす》や松の甘皮などを食い、田螺《たにし》や赤蟇《あかひき》を漁《あさ》り、田の底の土まで食いつくしたという。

極寒と貧困に喘《あえ》ぐ暮らしに潤いをもたらすために、村人たちは丈夫な糸を紡《つむ》ぎだした。青苧《あおそ》という苧《からむし》の皮から採れる繊維を裂き、絹よりも細くて丈夫な麻糸を繰り、京の殿上人《てんじょうびと》をも唸《うな》らせる白布《しらぬの》を織りだしてみせたのだ。

「小千谷縮か」

織りあがった布は、一点の塵《ちり》もない雪上に晒されて白くなる。

今から二年前に鈴木牧之《すずきぼくし》の著した「北越雪譜《ほくえつせっぷ》」において「雪中に糸となし、雪中に織り、雪水に濯《すす》ぎ、雪上に晒す。雪ありて縮あり……魚沼郡の雪は縮の親といふべし」と記された極上の布にほかならない。

縮市は八十八夜すぎにおこなわれ、江戸大坂から買い付け商人が殺到する。

朝廷からも幕府や諸大名からも、ひきもきらずに注文があるという。

八郎兵衛は機織の音を聞きながら、冷たい雪解け水を掬《すく》って呑んだ。

三国街道をたどりはじめたときから、何者かの影につきまとわれている。

首を捻って振りむくと、背丈も横幅もある男が雪道をずんずん進んできた。

道中装束《しょうぞく》の月代侍《さかやき》だ。

雪焼けした肉付きのよい顔のなかで、野獣のような双眸《そうぼう》をぎらつかせている。

気づいてみれば、大刀の柄袋《つかぶくろ》を外していた。

殺《や》る気なのか。

「おぬしが伊坂八郎兵衛か」

月代侍は居丈高《いたけだか》に言いはなった。

「誰だ、おぬしは」

「甘利左門。江戸の隠密目付よ」

「隠密目付が何用じゃ」

「粂次郎に尋問したであろう。はなしの中身を教えてもらおうか」

「なにも聞いておらぬわ」

「駆け引きは好かぬ。問いにこたえよ」

「こたえねばどうする」

「斬る」

ずらっと、甘利は大刀を抜いた。

周囲に人影はない。

いつのまにか空は掻き曇り、牡丹《ぼたん》雪が隙間《すきま》無く降ってくる。

「なぜ、わしを斬る」

「粂次郎に関わったからよ」

「わしを斬れば、二千両のありかはわからず仕舞いだぞ」

「やはりな。盗み金のことを知った以上、生かしてはおけぬ。二千両のありかは、ほれ、おそめとか申す粂次郎の妹に訊けばよいことだ」

甘利は分厚い丹唇を嘗《な》め、じりっと間合いを詰めてくる。

「伊坂、おぬしとはいちど立ちあってみたかった。不浄役人のくせに江戸の名だたる道場へ殴りこみ、猛者《もさ》たちを打ち負かしたという。そんな噂を聞きかじっておったからな。おもいがけず、この機を得たというわけだ」

「勝手に抜かれても困るな」

「抜かぬなら、犬死にせい。もはや、おぬしの命はわれらの掌中《しょうちゅう》に握られておる」

「われらとは」

「教えるのも面倒臭い。うりゃ……っ」

凄《すさ》まじい気合いとともに、鼻先へ刃風が襲いかかってきた。

「ふん」

八郎兵衛は愛刀を抜きはなち、横に払って弾きかえす。

疳高《かんだか》い金音が響き、臙脂《えんじ》の火花が散った。

甘利は二撃目を打たず、さっと飛びのく。

「ふっ、さすがに捷《はや》いな。おもった以上だ」

「おぬしもな」

八郎兵衛は愛刀の堀川国広《ほりかわくにひろ》を車《しゃ》に落とし、撞木足《しゅもくあし》でどっしり身構えた。

国広は定寸よりもやや長い。地肌は梨子地《なしじ》、刃文は互《ぐ》の目、厚重ねで反りは浅く、乱世の気風を髣髴《ほうふつ》とさせる名刀だ。

「伊坂よ、おぬしは江戸を捨て、ただの人斬りになりさがった。その刀にずいぶん人の血を吸わせたのであろうが」

「くっ」

八郎兵衛は突如、全身に殺気を漲《みなぎ》らせる。

「ふふ、人斬りと呼ばれて口惜《くちお》しいのか。そうじゃ、怒れ怒れ。立身流の双手《もろて》豪撃《こわうち》をみせてみよ」

甘利は余裕綽々《しゃくしゃく》でうそぶき、刀を青眼《せいがん》から八相《はっそう》にもちあげた。

八郎兵衛は動かない。

みずからを不動明王の化身《けしん》と念じ、怒りを内に抑えこむ。

そして、冴《さ》えた鍔《つば》鳴りともども、本身を鞘に納めた。

「ふん、居合《いあい》か」

立身流は立居合を本旨とする。

ぎりぎりまで抜かずに迫り、双手で白刃《はくじん》を抜きはなつ。

そして、相手の頭蓋《ずがい》を鉈《なた》割《わ》りに断つのだ。

大上段からの峻烈《しゅんれつ》な一撃。

これを、立身流では豪撃という。

何人《なんぴと》をも寄せつけぬ天下無双の剣にほかならない。

八郎兵衛は両腕をだらりと垂らし、相手を三白眼《さんぱくがん》で睨みつけた。

「甘利左門、念のために訊いておこう」

「なんじゃ」

「死神とは、おぬしのことか」

「はあて、なんのことやら」

甘利は本心からつぶやき、首をかしげる。

一瞬の隙を逃さず、八郎兵衛は臑《すね》を繰りだした。

眸子を瞠《みは》って頤《おとがい》を引き、撃尺の間境《まざかい》へ肉薄する。

甘利は刀を右八相に掲げた。

「ぬりゃお」

裂帛《れっぱく》の気合いを発し、袈裟懸《けさが》けを狙ってくる。

それでも、八郎兵衛は抜かない。

相手の動きが止まっているやにみえていた。

「くおっ」

死線を踏みこえる。

と同時に、抜いた。

捷い。

偃月《えんげつ》の閃光《せんこう》が奔《はし》る。

受けにまわった甘利の顔が大写しになった。

あきらかに、うろたえている。
死の淵《ふち》に立たされ、おのれの甘さを知ったのか。
甘利にはもはや、抗すべき術《すべ》もない。
弧を描いた国広が、月代のまんなかに叩きこまれた。
「ほげっ」
甘利左門の首が、ずんと肩にのめりこむ。
頭蓋が縦に大きく割れた。
――ずびゅっ。
西瓜《すいか》のごとき割れ目から、鮮血が噴きあがる。
甘利は柄を握ったまま、海老《えび》反《ぞ》りに倒れていった。
「莫迦め」
八郎兵衛は屍骸《むくろ》をみつめ、苦い顔で吐きすてる。
樋《ひ》に溜まった血を切り、くるっと踵《きびす》を返した。
屍骸は降りしきる雪に埋もれていく。
「くそっ」
またひとり、人を斬った。

雪上に点々と残る血痕《けっこん》が、藪椿の紅《あか》い花弁にみえた。

五

小千谷は三国街道と善光寺《ぜんこうじ》街道の追分《おいわ》けでもある。
高場《たかば》山《やま》を仰ぐ街道の分岐点には人馬継立ての問屋場《といやば》がおかれ、旅籠《はたご》も並んでいた。
商人宿と木賃宿《きちんやど》が多く、居酒屋もある。
人を斬った生々しい感触も醒《さ》めやらぬまま、八郎兵衛は縄暖簾《なわのれん》をくぐった。
「へい、らっしゃい」
白髪《しらが》頭《あたま》の親爺《おやじ》に酒を注文し、店内をぐるりとみまわす。
昼の日中《ひなか》から陽気に騒いでいるのは馬方《うまかた》と車力《しゃりき》で、行商も何人か混じっていた。
奥のほうでは薄汚い浪人どもが酒を酌《く》みかわし、白首《しろくび》の酌女を連れこんでいる。
衝立《ついたて》越しに艶声が聞こえてくるたびに、親爺は顔を顰《しか》めてみせた。
八郎兵衛は猪口《ちょこ》に盛られた味噌を嘗《な》め、くっと酒を呷《あお》る。
「ぷふう」
冷めた心に熱燗《あつかん》が沁《し》みた。

妙に頭が冴《さ》えてくる。

甘利左門の口走った「われら」とは、いったいどのような連中なのか。

隠密目付と霞の丑松は裏で繋がっていた。代官所へ矢文を放ったのは、おそらく粂次郎を追ってきた丑松の手下だろう。流人船の出帆を遅らせ、甘利の到着を待とうとしたのだ。

到着があと一日早ければ、甘利が代官から尋問役を任されたにちがいない。

ところが、ひとあしちがいで粂次郎は死に、二千両のありかはうやむやになった。

「死神か」

丑松の背後には、得体《えたい》の知れない黒幕がいる。

屍骸の腹から小腸を剔《えぐ》りだし、美味そうに喰《くら》ったという尋常ならざる精神の持ち主だ。

隠密目付を顎《あご》で使うことのできる相手となれば、かなりの大物にちがいない。

ともあれ、敵はすでに、おそめのことを摑んでいる。

粂次郎はたったひとりの妹に遺言めいた内容の文を託した。

甘利はそう踏んだがゆえに金のありかを執拗《しつよう》に追及せず、真剣勝負を挑んできた。

敵の動きは速い。

おそめの身に危険が迫っていると、八郎兵衛は察していた。

もういちど、店内をみまわしてみる。

誰も彼もが敵の手先にみえた。

隠密目付を斬りすてた以上、もはや後もどりはできない。

こうなれば、おそめの所在を訪ねてみるしかなかろう。

「おい、もう一本つけてくれ」

「へい、ただいま」

親爺は肴《さかな》代わりにと、冷たいのっぺい汁を椀《わん》に盛ってきた。

里芋《さといも》と牛蒡《ごぼう》をふんだんに使ったのっぺい汁は越後のおせち料理でもある。

「親爺、ちとものを尋ねたいのだが」

「なんだろ」

「信濃屋という縮問屋はどこにある」

「宿場はずれにありまさ。瓦葺《かわらぶ》きのでっけえお屋敷だすけ、すぐにみつかるよ。ここいらで瓦葺きの家は、お寺さんと縮問屋くれえのもんだすけな」

「おそめという女中奉公は知らぬか」

「おそめけえ。そりゃあ旦那、知ってはいるろも、おそめは女中奉公じゃねえ。献上布の織姫さ」

「献上布の織姫」

小千谷縮の織り手のなかでも、貴人の布を織る娘は神の僕《しもべ》として別格にあつかわれていた。

機《はた》を織る際も装束を改めて御機屋《おはたや》にはいり、塩で身を浄《きよ》めてから機に向かわねばならない。注連縄《しめなわ》の張られた御機屋は神の存《いま》す館《やかた》と崇《あが》められ、織り手以外は立ち入りを許されなかった。

厳粛なしきたりのもとで「天保銭の穴をも通る」と喩《たと》えられる薄くて丈夫な縮が織りだされる。

献上布を織ることのできる娘は、小千谷にも数えるほどしかいない。

なかでも、おそめは特別な存在で、『信濃屋』にとっても村にとっても宝のようなものだと親爺は言う。

「機を織るめえになるとの、おそめは神懸かりになる。そうして、何日も呑まず食わずで布を織る。今時分《いまじぶん》は信濃屋の旦那がどこぞの御機屋に隠していなさるにちげえねえ。おめえさん、おそめになんか用があんのけ」

「別に」

八郎兵衛は盃《さかずき》を呷り、床几《しょうぎ》に小銭を抛《ほう》った。

あいかわらず、雪は降りつづいている。

草履《ぞうり》でさくさく雪を踏みしめ、人馬の行き交う往来を進む。

家屋という家屋は雪帽子をかぶり、雪降ろしに励む人々も見受けられた。

瓦葺きかどうかの区別はつかぬものの、『信濃屋』はすぐにわかった。

「たのもう」

広い間口を踏みこえ、胡乱《うろん》な目をむけた手代《てだい》に用向きを告げる。

出雲崎代官所の用事だと嘘を吐いたので、粗略にはあつかわれまい。

しばらくして、恰幅《かっぷく》のよい主人があらわれた。

光沢も艶《つや》やかな濃紺《のうこん》の縮を纏い、折り目正しく裾《すそ》を畳んで正座する。

「手前が信濃屋幸左衛門《こうざえもん》にござります」

「わしは伊坂八郎兵衛。諸国流浪の浪人だ」

「諸国流浪の……して、何用にござりましょうや」

眦《まなじり》も頰も垂れているものの、幸左衛門の目は笑っていない。

修羅場をくぐりぬけてきた男のようだなと、八郎兵衛は見抜いた。

「おそめという娘に逢《あ》わせてはくれまいか」

単刀直入に切りだすと、幸左衛門は喉の皮をひくつかせた。

声を出さずに笑いながら、襟を正す仕種《しぐさ》をしてみせる。

「これはこれは、妙なこともあるものです。いましがたもおひとかた、おそめに逢わせてほしいと申されるお方が訪ねてまいられ、丁重にお断りいたしますと、お茶も呑まずに黙ってお帰りになられました」

「どのような男だ」

「男ではありませぬ」

「ん、女か」

「はい。年の頃なら三十路《みそじ》の手前、色白で細面《ほそおもて》の別嬪《べっぴん》さんでしたなあ。そうそう、右目のしたに泣きぼくろがござりました。眼差しもこう、潤んでおるような……そういえば、近在にある片貝《かたかい》の花火師の家によく似た娘がおりましたなあ。十《とお》で売られていった娘なので名も忘れてしまいましたが、面影がどことのう……くふふ、これはこれは、ちと喋りすぎました」

幸左衛門は油断なく、探るような眼差しを向けてくる。

下手な嘘を吐けばたちどころに看破され、門前払いを食わされそうだ。

「ご主人、ここだけのはなしだ」

「はい、なんなりと。都合のわるい内容ならば、聞いたそばから忘れましょうに」

「ありがたい、では」

八郎兵衛は二千両と甘利左門を斬った件は伏せ、代官所での経緯を正直に説いた。

「あの粂次郎が死にましたか。驚きですなあ。椋鳥の身で空の彼方《かなた》へ消えたとおもっていたところが、盗賊の一味になっておったとは」

と吐きつつも、幸左衛門はいっこうに驚いた様子をみせない。

「伊坂さま、ご心配にはおよびませぬ。手前にとっておそめは愛娘《まなむすめ》のようなもの。どのような経緯を聞いたところで驚きはいたしませぬ。それに、兄の粂次郎は疾《と》うに人別帳から外してござりますゆえ、お上《かみ》に縁故を疑われたところで、おそめにお咎《とが》めはおよびますまい」

「なればわしの口から、兄の最期《さいご》を伝えてやりたいのだが」

「かしこまりました。ただし、あと五日お待ちいただけませぬか」

「ん、なぜだ」

「おそめはいま、御機屋に籠《こ》もっておりましてな、兄の死を報されたら心を乱すに相違ない。心が乱れたら、布を織れませぬ。手前どもの商《あきな》いにも響きますもので」

「わかった。されば五日後にまた来よう。まさか、御機屋の所在は教えてもらえぬだろうな」

幸左衛門は、からから笑う。

「信濃屋でも手前しか知りえぬこと。他人様《ひとさま》がさがしだすのは難儀なことにございましょう」

「ふむ、それを聞いて安堵《あんど》した。ではまた」

「お待ちくだされ。こちらで宿をご用意いたしましょう」

「いや、ご厚意だけ頂戴《ちょうだい》しておく」

「さようですか。ならばこれを」

幸左衛門はつっと片膝を繰りだし、八郎兵衛の袖《そで》へ小判の包みをねじこんだ。

「おいおい、困るな」

「お受けとりいただかなくては、手前のほうが困ります。粂次郎のことはくれぐれもご内密に」

「あいわかった」

八郎兵衛はうなずき、信濃屋を辞去した。

六

包みのなかには五両あった。

懐中が潤ったにもかかわらず、八郎兵衛は棒鼻《ぼうはな》の木賃宿に足を向けた。

街道筋の旅籠なみに飯は出ない。木賃とは薪《まき》代のことで、客はたいてい干飯《ほしい》を持参する。湯を貰《もら》って干飯を戻し、貪《むさぼ》るように食ったあとは大部屋の片隅で寝に就くだけだ。

助郷《すけごう》人足、旅芸人、金比羅《こんぴら》行人《ぎょうにん》や巡礼など、路銀の足りない貧乏人ばかりが集まってくる。宿帳すらあってないようなもので、雑多な連中のなかに紛れていればかえって敵に所在を気取《けど》られまいという心理がはたらいた。

ところが、八郎兵衛の思惑はものの見事にくずれさった。

日没から半刻《はんとき》ほど経《た》ったころ、件《くだん》の女があらわれたのだ。

「めんこいおなごじゃ」

「女の一人旅けえ。こりゃまた危ういこった、けへへ」

すぐさま、助郷の連中がすっぽんのように食いついた。

三人いる。問屋場に雇われたよそ者で、眉をひそめたくなるようなことも平気でやってのけそうな輩だ。

女は少しも怯まずに菅笠を脱ぎ、大部屋の空《あ》いたところへ席を占めた。

色白で涼しげな眸子だ。目鼻立ちもすっきりしており、ふっくらしたからだを藍《あい》の袖合羽《がっぱ》に包んでいる。

袖合羽を脱ぐと、小粋な格子縞《じま》の着物があらわれた。

垢《あか》抜けた感じのする年増《としま》だ。田舎《いなか》町ではお目にかかることもできまい。

助郷たちは口をぽかんとあけ、手甲脚絆《てっこうきゃはん》を外す女の仕種を眺めている。

八郎兵衛も部屋の片隅から、じっと女をみつめた。

なるほど、右目のしたに泣きぼくろがある。

「ちっ」

舌打ちをかますと、女が眼差しを向けてきた。

挑むように睨まれ、わずかに心を乱される。

「なあ姐《ねえ》さん、どっからきたのけえ。江戸けえ、それとも信州けえ」

男たちがまた、調子に乗って喋りだした。

女は無視を決めこみ、道中着をたたむなどしている。

「こたえてくれてもよかろう。旅は道連れというじゃねえか。のう、声を聞かしてくれや」

ほかの客は離れていった。

ぽっかり空いた板間の隅に女ひとりが置き去りにされ、三人の小汚い男たちが膝を躙《にじ》りよせていく。

こいつはみものだなと、八郎兵衛はおもった。

女の力量をみさだめるには、もってこいの機会だ。

ひとりが恐る恐る手を伸ばし、女の膝に触れかけた。

途端に甲をぴしゃりとやられ、男は手をひっこめる。

照れ隠しに笑った男の顔が、すぐさま険悪なものに変わった。

「田舎者を嘗めんじゃねえぞ。おめえのような気の強《つえ》えおなごはよ、裸に剝いて寝ころばし、ひいひい泣かしてやろうかい、それ」

三人は同時に躍りかかり、女を仰向《あおむ》けに組みしいた。

木賃宿には、客はおたがいに干渉してはならぬという不文律《きまり》がある。

助郷どもの行為はあきらかに約束違反だが、誰ひとりとして咎める勇気のある者はいない。厄介事に関わりたくはないのだ。

「いや、やめてくだされ」
女は帯を解かれ、しおらしく抗《あらが》った。
艶のある甘い声だ。
男どもはいっそう欲情を煽《あお》られ、鼻息を荒くする。
女は長い脚をじたばたさせ、男の鼻面を蹴《け》りつけた。
蹴られた男は鼻血を流しつつも、女に覆いかぶさってゆく。
と、そのとき、白いものが閃いた。
「うわっ、このあま、匕首《あいくち》を抜きやがった」
男たちが、ぱっと飛びのく。
女は隙を逃さず、転がるように這《は》ってきた。
「助けてくだされ、後生です」
懇願されても、八郎兵衛は眉ひとつ動かさない。
壁に背をもたれ、懐《ふところ》手で胡座《あぐら》をかいている。
まるで、眉を怒らせた達磨《だるま》のようだ。
隠然とした迫力に気圧《けお》され、男どもの動きが止まった。
女は芋虫《いもむし》のように這いずり、膝頭にしがみついてくる。

「どうか、お助けを」

八郎兵衛はすっと躱《かわ》して立ちあがり、壁に立てかけた刀を手にした。

「お、なんでえ、女を助けようってのか」

髭面《ひげづら》の男が及び腰で喚《わめ》き、仲間にむかって合図をおくる。

ふたりは急いで席へ戻り、道中脇差《わきざし》に手を伸ばした。

「女がさきに抜いたんだ。おれっちが抜いても文句はあんめえ」

「吼えるな、阿呆」

一喝すると、髭面は黙った。

女に蹴られて鼻血を流した男だ。垢じみた襟元から胸毛がのぞいている。

「阿呆でわるかったのう。これでもよ、牧野さまの供先をつとめた奴《やっこ》じゃぞ。ただの助郷とは訳がちがうわい」

「渡り中間《ちゆうげん》か」

「おうよ。おめえさんができる侍かどうかの区別くれえはつく。おおかた、みかけだおしだろうさ。鞘の中身は竹光《たけみつ》だ。へへ、きっとそうにちげえねえ」

鎌を掛ける相手を誤っている。

八郎兵衛は鬢《びん》を掻き、面倒臭そうに吐いた。

「おぬし、褌《ふんどし》の隙間に縮んだ睾丸《きんたま》がみえるぞ」

「へっ」

男はしたをむいた。

刹那《せつな》、風が奔った。

——きいん。

鍔鳴りが響く。

抜刀の瞬間を目にした者はいない。

本身は柳生《やぎゅう》拵《ごしら》えの黒鞘に納まっている。

つぎの瞬間、男の髷《まげ》がぼさっと落ちた。

「ひぇっ」

仲間のふたりが道中脇差を抛り、尻尾《しっぽ》を巻いて逃げだす。

髷を無くした男は呆気《あっけ》にとられ、褌を小便で濡《ぬ》らした。

「汚ねえ野郎だ」

八郎兵衛は丸太のような脚を振りあげ、男の胸を蹴飛ばす。

男は藁《わら》人形のように吹っとび、壁に頭をぶつけて白目を剝いた。

「おい、手っとり早く荷をまとめろ。ここを出るぞ」

「はい」

八郎兵衛に促され、女は妖《あや》しげに微笑んだ。

七

『杵屋《きねや》』という旅籠の離室《はなれ》で、八郎兵衛は女と褥《しとね》をともにした。

女は、名をおきくという。

手管はかなりのもので、色仕掛けで誑《たら》しこむ術《すべ》を誰かに仕込まれたのではないかと疑った。

いったい何のために、誰から命じられたのだろう。

「おぬしには訊きたいことが山ほどある」

八郎兵衛は素っ裸のままで褥に胡座を掻いた。

「なぜ、信濃屋を訪ねたのだ」

おきくは身を起こし、真紅の襦袢《じゅばん》で乳房を隠す。

「なぜって、おまえさまに近づくためさ」

「誰に命じられた」

「誰でもねえよ」

「嘘を吐くな」

「嘘じゃねえ」

おきくは真剣な目を向けてくる。

「あたしゃこうみえても、婀娜《あだ》で鳴らした辰巳《たつみ》芸者でねえ。菊太郎《きくたろう》という権兵衛名《ごんべえな》で三味《しゃみ》を弾いていたのさ」

「そんな戯れ言を信じろとでも」

「信じたくなきゃそれでもいい。おまえさまとはこれっきりだ」

「むくれるな。事情《わけ》を喋ってみろ」

おきくは三年前、深川佐賀町《ふかがわさがちょう》の油問屋、縹屋佐兵衛《はなだやさへえ》に身請《みう》けされた。

縹屋は四十に届かぬ若さだが一代で身代《しんだい》を築いた商人で、囲い者になった当初はみなに羨《うらや》ましがられた。

ところが、縹屋には狡猾《こうかつ》で残忍な裏の顔があった。

「佐兵衛の正体は世間を騒がす大泥棒、霞の丑松だったのさ」

「ほう」

「それと気づかされたときにゃ、もう遅かった。あたしゃ男を誑しこむ手練手管を仕込まれてね、丑松の道具になりさがったんだ。何度も死のうとおもったさ。でもね、人ってのはそう簡単に死ねるものじゃない。乾分《こぶん》どもに姐さん姐さんと擦《す》りよられ、裏稼業から抜けられなくなっちまったんだよ」

ところが、おもいがけず足抜けの機会が訪れた。

一味の金庫番を任されていた粂次郎が二千両という大金を抱え、すがたをくらましたのだ。一味総出で血眼になってさがしまわり、佐渡送りの水替人足に紛れていることをつきとめた。

おきくは丑松に命じられ、隠密目付の甘利左門とともに江戸を発《た》ったのだという。課された役目は、出雲崎の代官を色仕掛けで籠絡《ろうらく》することにあった。

ところが、粂次郎がみずから命を絶ち、企ては泡と消えた。

「おまえさまのことは、甘利にさんざん聞かされたよ。不浄役人だったんだろう。そういえば、丑松もはなしていたっけ。南町奉行所に虎みてえに狂暴な同心がひとりいた。ところが、虎のやつは十手を抛ってどっかへ消えちめえやがった。だから、おれたちは安泰だってね」

悪党に買いかぶられても、嬉《うれ》しくはない。

「おぬし、わしが甘利左門を斬ったところをみておったのか」

「あいつが脳天から血を噴いたときにゃ、喝采《かっさい》をおくったよ。これでやっと丑松から逃れられる。伊坂八郎兵衛に賭《か》けてみようってね、あたしゃそう心に決めたのさ」

おきくは細長い人差し指を嘗め、右目のしたに触れた。

指をはずすと、不思議なことに泣きぼくろが消えている。

「つけぼくろだよ。ふふ、男を誑しこむ小道具さ。ほくろひとつで女の顔は変わるんだよ」

「おぬし、なにが言いたい」

「男を誑しこむ手管はね、丑松に出逢うまえから身についていたものさ。あたしゃ、魚沼で生まれたんだ。おとっつあんは腕の良い花火師だったけど、飲んだくれておっ死《ち》んだ。暮らしの立たなくなったおっかさんが、十のあたしを女衒《ぜげん》に売ったのさ」

おきくは江戸の岡場所を転々としたあげく、みずからの才覚で辰巳芸者にまで成りあがった。夜鷹《よたか》にも堕ちず、野垂れ死にもせずに済んだのは、幸運以外のなにものでもなかった。

「魚沼にゃ、なにひとつ良い思い出はねえ。だから、ほんとうは足を向けたくなかったのさ。でもね、十何年ぶりかで訪ねてみたら、幸運にもおまえさまに出逢うことができた。これもめぐりあわせってやつだ。あたしゃこうみえても信心深い女でね、おまえさまとの出逢いは神様が仕組んでくれたものと信じている」

迷惑なはなしだなと言いかけ、八郎兵衛はことばを呑みこんだ。

潤んだ瞳でみつめられると、なにも言えなくなる。

「ね、いいだろう。丑松のやつを殺《や》っておくれよ」

おきくは胴巻きをたぐりよせ、糸の縫い目を解きはじめた。

山吹色がじゃらじゃら飛びだし、汗で湿った褥を埋めつくす。

「五十両ある。これであたしを守っておくれ。ね、いいだろう。足手まといにゃならないからさ」

おきくのはなしが真実ならば、この仕事を承けてもよいとおもった。

どのみち、深みに嵌《は》まりつつある。仕事として割りきったほうが気も楽だ。

しかし、ここは慎重にかまえねばなるまい。女は魔物ともいう。京都島原の女狐《めぎつね》に騙され、辛酸を嘗めさせられたこともあった。

八郎兵衛は返答を避け、霞小僧についてあれこれと聞きだした。

一味の規模は予想を遥《はる》かに超え、江戸近在に巣食う乾分の数だけでも百人余りになるという。しかも、丑松は油商人という表の顔を生かし、幕府のお偉方とも密接に繋がっていた。

若年寄を筆頭に勘定奉行や作事奉行、さらには南北町奉行所の与力から火盗改《かとうあらため》まで、鼻薬を嗅《か》がされた連中の名が飛びだすたびに、八郎兵衛は啞然《あぜん》とさせられた。

「根は深いな」

ところが、肝心の黒幕について、おきくはなにひとつ知らなかった。

「死神のことは乾分のあいだでも噂になったさ。だけど、今は口にする者はひとりもいないよ」

死神のすがたを目にした乾分がひとり、小腸を剔られた無惨な屍骸となって大川に浮かんだ。それ以来、乾分どもは「死神」ということばを口にするのさえ控えるようになったという。

ともあれ、丑松の乾分どもは大挙して小千谷へ向かっている。

いや、すでにひとりは宿場のどこかへ潜んでいるはずだと、おきくは指摘する。

「代官所に矢文を放った男のことか」

「そうだよ。霞小僧には四天王と呼ばれる連中がいてね、矢を放った鏑《かぶら》の三五郎《さんごろう》もそのひとりさ」

「鏑の三五郎」

「半弓で鏑矢を射るのが得意なんだ。人殺しを屁ともおもっちゃいない芯からの悪党さ。粂次郎をさがしあてたのも三五郎だよ。やつは鼻が利く。たぶん、あたしの裏切りも疑っているだろうさ」

三五郎は遠眼鏡《とおめがね》を携え、仲間の集結を待っている。

敵の狙いはあくまでも、粂次郎の掠めとった二千両なのだ。

隠し金のありかを知る手懸かりは、妹のおそめが握っている。

おそめに逢えるまであと五日、悪党どもが集まるには充分だろう。

先方の動きを見極めるために、おきくにひとはだ脱いでもらわねばなるまい。

八郎兵衛は、黙って小判を拾いあつめた。

八

なにもおきずに四日が過ぎた。

八郎兵衛は信濃屋幸左衛門に誘われ、朝から小千谷の東はずれにある山間《やまあい》の村へ足を向けた。

雪深い山村でも米は収穫される。

魚沼の一帯もここ数年は洪水などの災いをこうむりつづけたが、昨年は豊作だったこともあってようやく息を吹きかえしつつあった。

それでも災いの爪痕《つめあと》は深いと、幸左衛門は嘆く。

「縮織りはそもそも百姓の賃仕事にすぎませぬ。村を生かすもとは米でございます。越後米はたいそう不味いらしく、京大坂あたりでは鳥またぎなどと莫迦にされておりますが、百姓たちは懸命に田作りをおこなってまいりました。このあたりは隠田《いんでん》の宝庫なのでございますよ」

傾斜の複雑な地形を利用し、百姓たちは藩の検地役も把握できない土地を耕した。ついでに塘《つつみ》と呼ばれる用水池を築き、食用の鯉《こい》を放流しはじめた。文政《ぶんせい》のころのはなしだ。「光り無地」や「紅白」と名付けられた花鯉《はなごい》は「泳ぐ宝石」と称揚され、観賞用として長岡藩へ献上されるようになった。

「一匹で数百両の値をつけた鯉もありましてな」

「ほう、それはすごい」

「いまや、花鯉は縮とともに小千谷の名産となりました」

信濃屋は胸を張り、かんじきを履いた足で新雪を踏みこえていく。

かんじきに馴《な》れない八郎兵衛は、なかなかおもうように進まない。

白い息を吐いて大汗を掻きながら、おきくのことをおもっていた。

杵屋で別れてから、いちども連絡《つなぎ》がない。

鏑の三五郎と連絡をとり、敵の動きを探るようにと命じた。

無謀であったかもしれぬ。

取り繕《つくろ》う手はあると、おきくは胸を叩いた。

寝物語に二千両のありかを聞きだすべく、八郎兵衛に近づいたとでも告げるつもりだったのかもしれぬ。

はたして、その手が通用したのかどうか。

すでに、消されてしまったかもしれない。

あるいは、悪党仲間のもとへ出戻ったか。

幸左衛門が足を止め、こちらに声を掛けてきた。

「もうすぐ山古志《やまこし》村に着きます。伊坂さまに面白いものをおみせいたしましょう」

「なんだそれは」

「まずは行ってのお楽しみ、ふほほ」

どこからともかく、子供たちの唄声が聞こえてきた。

——おらが背戸（裏庭）の早稲田《わせだ》の稲を、なん鳥がまくらった、雀鳥《すずめどり》がまくらった、雀すわどり立ちやがりゃ、ほおいほい。

「あれは」

「小正月に唄う鳥追い唄でござります。どんと焼きの厄落としで拍子木を打ちながら唄うのでござるよ」

鳥追い唄は木霊《こだま》となって遠ざかった。

灌木《かんぼく》が疎《まばら》に生えた雪上を、またしばらく進む。

道無き道が途切れ、忽然《こつぜん》と前方の景色がひらけた。

村がある。

藁《わら》葺きの賤ヶ屋《しずがや》から、炊煙が立ちのぼっている。

「さあ、村の衆から午餉《ひるげ》を馳走《ちそう》になりましょう」

幸左衛門は喜々として雪を漕《こ》いでいく。

村人たちは総出で、ふたりを出迎えた。

——もう、もう。

そこいらじゅうから、牛の啼《な》き声が聞こえてくる。

「さよう。おみせしたいものとは、牛祭りにござります」

幸左衛門は顔を皺《しわ》くちゃにして笑った。

牛祭りは田の神と機《はた》の神に捧げる村の伝統行事だ。

雪を深く掘って黒土を掻きださせ、土俵のまわりに雪の壁を築きあげる。
二頭の牛が擂《す》り鉢状の土俵で向きあい、角《つの》を突きあって闘うのだ。
闘う牛は獰猛《どうもう》な牡牛《おうし》だった。
鼻息も荒く眸子を怒らせ、周囲を威嚇《いかく》する。
村人と牛の興奮が熱気を呼び、膨《ふく》らんだ熱気はやがて殺気を帯びていく。
五分粥を馳走になったあと、勇壮な牛祭りは雪の降るなかではじまった。
「やれっ」
「それっ」
「突けい」
村人たちの掛け声に煽られ、二頭の牛は狂ったように跳ねとぶ。
鋭利な角と角がぶつかりあうたびに、八郎兵衛の胸にずきっと痛みが走った。
もちろん、貴重な牛を死なせるわけにはいかない。
調教役が頃合いをみさだめ、絶妙の間合いで鼻綱を引きしぼる。
猛《たけ》りたつ二頭を引きはなし、おたがいの健闘を讃《たた》えあうのだ。
そうやって、何頭もの牛が角を突きあう。
牛どもは血を流しながら、懸命に闘った。

勝敗のつかぬ闘いが延々とつづいたが、八郎兵衛は心の底から満喫できた。

見物席の雛壇《ひなだん》を仰ぐと、ひとりの娘が嫣然《えんぜん》と微笑んでいる。

面窶《おもやつ》れしているものの、雪のように白く美しい娘だ。

「あれが、おそめにござります」

「えっ」

「ようやく、布が織れたのでござりますよ」

幸左衛門が嬉しそうに囁いた。

今日の牛祭りは、献上布の織姫に捧げる催しなのだ。

神の在《いま》す御機屋とは、奥深い山里に隠された牛小屋のひとつにほかならなかった。

「手前はこうみえても用心深い男。いきなり訪ねてこられたお武家さまを信用するほど愚かではない。ゆえに、布の織りあがりを一日ごまかしたのでござります。失礼ながら、伊坂さまの素姓が怪しければ、おそめに逢わせる気は毛頭ござりませなんだ。ふふ、ご心配なされますな。尼瀬の名主どんに使いを出しましてな、伊坂さまのことは書面にて詳しくお聞き申しあげました」

「忠右衛門どのに」

「手前と忠右衛門さんは肝胆相照《かんたんあいて》らす仲というやつで、佐渡における伊坂さまのご活躍も聞きおよんでおります。まずはまちがいのないお方と、お見受けいたしました次第で」

「さようか」

「ここ数日、店の周囲に良からぬ輩がうろついてござります。霞小僧の一味ではないかと」

「で、あろうな」

「されど、なぜ、盗人どもがうろついておるのか、これといっておもいあたる節もござらぬ。信濃屋の蔵でも狙《ねろ》うておるのか、それとも」

「それとも、なんだ」

「もしや、粂次郎が大金を掠めとり、そのありかをおそめに託したのではあるまいかとおもいましてな」

鋭い。八郎兵衛はこの際、すべてを打ちあけようかとおもった。

だが、幸左衛門は立て板に水のごとく喋りつづける。

「先日、町外れでお侍のご遺体がみつかりました。お役人の検屍によりますと、出雲崎のお代官さまを訪れた江戸表からのご使者とか。伊坂さまがみえてから、なにやら物騒な雲行きになりました」

「すまぬな」

「致し方ござりませぬ。それよりも霞小僧の一味をどうやって始末するか、そこを考えねばなりませぬ」

「やる気なのか」

「はい、宿場の役人は十手持ちに毛の生えた番太郎程度のもの。まったくもって頼りにはなりませぬ。おのれの身はおのれで守らねばなりませぬ。そこで、伊坂さまにお願いするしかあるまいかと」

信濃屋幸左衛門は、八郎兵衛を用心棒に雇いたいと申しでた。

「悪党ひとりにつき、牡牛一頭の値段を出しましょう」

「ほほう、ちなみにいくらだ」

「一両」

「存外に安いものだな」

「乳が出ませぬもので」

「おもしろい。されば、一殺一両の殺し、引きうけよう」

八郎兵衛は調子よく応じてみせたが、二千両の件だけは言いあぐねた。

九

翌日、『信濃屋』に矢文が射られた。

――おきくは預かった　戌《いぬ》五ツ　妙高寺《みようこうじ》境内にて　おそめ随行のこと
射手は鏑の三五郎にまちがいない。

敵の頭数が揃《そろ》ったのであろう。

「伊坂さま、おきくというのは泣きぼくろのおなごのことでしょうか」

「ふむ、丑松の情婦《おんな》だ」

「なんと」

幸左衛門は驚き、生唾《なまつば》を呑みこむ。

「正直に言おう。わしはおきくを抱いた。敵にさぐりを入れさせたのが、どうやら裏目に出たらしい」

「助けに行かれますのか」

「まあな」

「おそめはどうなります。危うい目に遭わせるわけにはまいりませぬ」

「いままで黙っておったが、あんたの読みは当たっておる」

「と、申されますと」

「連中の狙いは粂次郎が掠めた二千両だ」

「なんと」

「おそめは文かなにかで、隠し金のありかを託されたはず」

「そうは申されても、あの娘は兄の死を報されて以来、脱《ぬ》け殻も同然にござります
る」

「案ずるな。火中へ連れてなぞいかぬ。敵に気取られぬよう、隠れ家で守ってやって
くれ」

「策はおありなので」

「ない」

「困りましたな」

「一殺一両の殺し。のるか反るかさ」

「ならば、これをおもちくだされ」

幸左衛門は革張りの箱からうやうやしく、黒光りした鉄のかたまりをとりだした。

「短筒か」

「二連発の南蛮筒《なんばん》にござります」

「そいつはあんたが携えておれ」

「でも」

「馴れないものを懐中に仕込むと勝手が狂う」

「さようですか。それでは」

短筒は仕舞われ、客間に重い沈黙が流れた。

ばさっと、屋根の雪が落ちてくる。

「ご主人、大きめの葛籠《つづら》と鈍刀《なまくら》の大小があったら頂戴できまいか」

「かしこまりました」

焦《じ》れるような刻が過ぎていった。

日没となり、八郎兵衛は葛籠を背負って往来に繰りだした。

高場山《たかばやま》の北麓《ほくろく》にある妙高寺は、鎌倉幕府のあったころに建立《こんりゅう》された曹洞宗《そうとうしゅう》の名刹《めいさつ》だった。獅子冠《ししかん》を頂いた本尊の愛染明王《あいぜんみょうおう》は里人のあいだで「愛染様」と慕われ、信濃川の舟運《しゅううん》を担う船頭や縮の染め師などからも守護神と崇《あが》められている。

空には星が瞬《またた》き、境内は雪明かりに照らされて仄《ほの》白い。

八郎兵衛は提灯《ちょうちん》もぶらさげず、山門をくぐりぬけた。

杉木立に囲まれた参道のさきには、なかば雪に埋まった本堂の灯りがみえる。約束の刻限までは、まだ四半刻ほどあった。

本堂へつづく狭い雪道だけが踏みかためられ、道をわずかでも外れたら歩けない。八郎兵衛はかんじきを履き、深編笠を右手で重そうに抱えていた。愛刀の堀川国広は狸《たぬき》の毛皮に包み、ほとんど雪に埋まりかけた山門脇の石灯籠《いしどうろう》に隠しておいた。

幸左衛門に貰った鈍刀の大小だけを腰に差し、悠揚と本堂へ向かう。

口中でなにやら、ぶつぶつ唱えていた。

「オンマカラギヤ、バザロシュニシャ……」

愛染明王の陀羅尼《だらに》にほかならない。

「……バザラサトバ、ジャクウンバンコク」

眸子は眠そうにみえるが、精神の集中をはかっている。

愛染明王は一面六臂《ろっぴ》の忿怒《ふんぬ》像だ。右手には金剛杵《こんごうしょ》と矢と蓮華《れんげ》を執り、左手には金剛《こんごう》鈴《れい》と弓、そして六本目の手のみは空手《からて》の金剛拳をなす。

金剛拳は自在に持ち物を替えることができるという。祈禱《きとう》者が求めるところにしたがって、金持ちになりたければ宝珠《ほうじゅ》、息災祈願には日輪、調伏《ちょうぶく》には独鈷《とっこ》、延命には甲《かっ》冑《ちゅう》というふうに、その象徴となるものを想起しつつ「執りたまえ」と願《がん》を掛ければ何事もかなう。

無論、八郎兵衛は剣を想起していた。

「ん」

微《かす》かに、人の息遣いが聞こえる。

ひとり、ふたり、三人……二十人まで数えたとき、境内に掠れ声が響きわたった。

「きやがったな。伊坂八郎兵衛」

雪に埋まった杉の枝が揺れ、人影がひとつあらわれた。

蟹《かに》のようにがっしりとした体軀の男だ。

獣の皮を纏い、腰には靫《うつぼ》、手には半弓を携えている。

「鏑の三五郎か」

「そうじゃ」

「ご本尊に謝っておいたがよいぞ」

「あんだと」

「境内をうぬらの血で穢《けが》すことになる」

「くはは、負け犬がほざきよる」

三五郎は、さっと右手をあげた。

左右に佇《たたず》む杉木立の陰から、二十有余の人影があらわれた。

松明《たいまつ》が一斉に点火され、悪党どもの顔が浮かびあがる。

髷先を散らした破落戸《ごろつき》もいれば、血に餓えた浪人も控えていた。

一見したところ、大半は丑松に雇われた賞金稼ぎのようだ。

となれば、腕と度胸に多少の自信はある連中であろう。

「おきくに聞いたぜ。甘利の旦那を殺ったんだってなあ。そのおかげでよ、おめえの首にゃ百両の値がついたぜ。おかしらに感謝するんだな」

「そいつはありがたい。で、丑松は神輿《みこし》をあげたのか」

「けっ、莫迦らしい。おかしらが越後くんだりまでお出でになるまでもねえや。ちゃっちゃと用事を済まして帰《けえ》るだけよ。さあて、粂次郎の妹はどうした」

「葛籠のなかだ」

「嘘じゃねえだろうなあ」

「たしかめにきてみろ」

「ははあん、その手にゃ乗らねえぞ」

三五郎は浪人ふたりに顎をしゃくり、たしかめに寄こす。

八郎兵衛は、肩から葛籠を降ろした。

浪人のひとりが柄に手を掛けて身構え、もうひとりが葛籠に近づいてくる。

悪党どもの輪が狭まった。

浪人が蓋《ふた》を開ける。

「おっ、おらぬぞ」

と、吐きすてた首が宙に飛び、雪道を鞠《まり》のように転がった。

「うわっ」

抜刀しかけた浪人は、すぱっと腕を斬りおとされる。

「ぎぇえええ」

一瞬の出来事だった。

八郎兵衛は右手に深編笠を携え、左手一本で鈍刀を抜いている。

「くそっ、野郎ども、殺っちまえ」

「うわああ」

破落戸どもが段平《だんびら》を抜き、股《もも》をあげて迫った。

前歯を剝き、闇雲に襲いかかってくる。

「そい」

八郎兵衛は小刀を抜き、無造作に投げつけた。

先頭を駈ける男が、どうっともんどりうつ。

それでも、奔流は止まらない。

八郎兵衛は流れるような刀捌《さば》きで三人を葬り、四人目の首を刎《は》ねかけたところで大刀を捨てた。

物打《ものうち》が首の骨に引っかかり、中程でぐにゃりと曲がってしまったのだ。

「くえっ」

男はちぎれかかった首を抱えて駈けまわり、新雪に突っこんだ。

雪上は血で染まり、怯《ひる》んだ敵は動きを止める。

八郎兵衛の手に大小はない。

「この野郎、悪あがきはそこまでだ」

三五郎が怒鳴った。

「あれをみろ」

指で示された高みへ、一斉に松明が翳《かざ》された。

杉の太い枝から荒縄が垂れ、何かがぶらさがっている。

縛り目の狭間から、ふたつの白い乳房が突きだしていた。

半裸で後ろ手に縛られた女、おきくであった。

十

間髪を容れず、八郎兵衛は深編笠を投げつけた。

深編笠はぎゅるんと音を起《た》て、旋回しながら宙へ舞いあがる。

内側に鋭利な鎌を仕込んでおいたのだ。

「ぬわっ」

悪党どもは仰《の》けぞり、何人かは腰を抜かす。

深編笠はおきくを吊るす荒縄を切断し、杉の幹に突きささった。

八郎兵衛は投擲《とうてき》と同時に、低い姿勢で駈けている。

おきくは縛られたまま、雪のうえに落ちてきた。

はっと気づいた悪党どもにたいし、四寸の棒手裏剣が打ちつけられる。

「ひっ」

「ぐえっ」

一瞬にしてふたりが斃《たお》れ、八郎兵衛は雪に埋まったおきくを抱きあげた。

立身流には四寸鉄刀術《しゆりけん》というものがある。

八郎兵衛が素肌に纏った革の胴巻きには、ずらっと棒手裏剣が並んでいた。

「雪上では飛び道具よ」

おきくを左肩に担ぎあげるや、八郎兵衛は山門にむかって駆けだした。

「くそっ、逃すな」

三五郎の歯軋り《はぎし》が聞こえてくる。

追いすがる人影にむかって、やつぎばやに棒手裏剣を打ちつけた。

一本は正確に相手の眉間《みけん》を貫いたが、残りはすべて弾かれた。

やはり、駈けながらの投擲は難しい。

「覚悟せい」

正面に立ちふさがった人影にも、手裏剣を打ちつけた。

肘を支点にして、耳のうしろから素早く腕を振りおろす。

直打法だ。

「ぎぇっ」

ひとりが喉仏を押さえ、その場に蹲る《うずくま》。

ほかの連中が怯んだ隙に、八郎兵衛は駈けぬけた。

残る敵は十余人、すでに半数は葬ったにちがいない。

山門にたどりついたところで、手裏剣を使いはたした。

「待ちやがれ」

三五郎を先頭に、雑魚《ざこ》どもが追いすがってくる。

八郎兵衛は横に駈け、件の石灯籠を背に抱えた。

悪相の浪人どもが刃《やいば》を掲げ、囲みを狭めてくる。

「そこまでだな。こっちにも飛び道具はあるんだぜ」

三五郎が半弓に矢を番《つが》えた。

「死ね」

弦音《つるおと》とともに、矢が飛んでくる。

——ひゅるる。

空を裂くのは鏑矢だ。

禍々《まがまが》しい音で威嚇し、標的を混乱させる。

だが、八郎兵衛の瞳には明確に軌跡がみえていた。

ひょいと躱《かわ》すと、鏑矢は石灯籠に当たって弾かれた。

「死ね、うりゃあ」

浪人どもが喚《おめ》きあげ、三方から斬りかかってくる。

八郎兵衛は、肩に担いだおきくを雪上に抛りなげた。

石灯籠のなかから国広を摑みとり、振りむきざま、ひとりを斬りすてる。

「ぎえっ」

乳胸《ちむね》を雁金《かりがね》に斬り、返り血を避《よ》けながら別のひとりを逆袈裟《ぎやくげさ》に斬った。

「ぬはっ」

驚愕《きようがく》した三人目は首を飛ばされ、斬り口から大量の血を噴きあげる。

死に首は回転しながら宙に飛び、三五郎の足許へ落ちた。

「ちくしょう、叩っ斬れ」

「ふおおお」

尻を叩かれた浪人どもが、地獄の淵へ躍りこんでくる。

血飛沫《ちしぶき》が飛びかい、断末魔が錯綜《さくそう》した。

国広の斬れ味は尋常でない。

八郎兵衛は修羅と化し、七人を瞬く間に葬った。

返り血を浴びた形相《ぎようそう》は赤鬼だが、心は湖面のごとく静かだ。

精神修行を尊《とうと》ぶ立身流は、動く禅ともいわれている。

「南無《なむ》……」

短く経を唱えた刹那、山門に弦音が木霊した。

――ひゅるる。

三五郎の二番矢が精緻《せいち》な軌跡を描き、鼻先へ飛んできた。

「けいっ」

八郎兵衛は避《よ》けもせず、国広で矢を叩きおとす。

遠くのほうで、松明の残り火が揺れていた。

鏑の三五郎が膝頭を震わせているのだ。

すでに、手下はいない。

逃げようにも、からだが硬直して動かないようだった。

八郎兵衛は国広を右手に提げたまま、ゆっくり近づいていった。

「……よ、寄るな……そ、側《そば》に寄るな」

三五郎は足を縺《もつ》れさせ、その場に尻餅《しりもち》をつく。

半弓も矢も抛ってあった。

「悪党め、死ぬがよい」

八郎兵衛は吐きすてた。

国広の切っ先が静かに、まるで蛇のように獲物の左胸に食いこみ、刺しこまれていった。

「うへっ、い、痛え……」

三五郎は両手で刃を握り、眸子をひっくりかえす。

さらに奥まで刺しこむと、指がぽろぽろ落ちてきた。

「……く、くく」

瀕死《ひんし》の男は不敵にも笑ってみせる。

「何が可笑《おか》しい」

「おめえはもう……の、逃れられねえ」

八郎兵衛は表情も変えず、白刃を剔《えぐ》るように引きぬいた。

三五郎は鮮血を撒《ま》きちらし、祈るような恰好でこときれる。

「……お、おまえさん」

震える声に振りむけば、蒼白い顔のおきくが這いずってきた。

「やったんだね……し、始末してくれたんだね」

「ああ、ひとりのこらずな」

八郎兵衛は素早く歩みより、みずからも半裸になった。

凍えきったおきくを抱きよせ、からだを暖めてやる。

「どうだ、温石の代わりになるか」

「うん、暖かい。暖かいよ、おまえさん」

おきくは泣きながら、必死に縋りついてきた。

十一

晴天、色とりどりに染めぬかれた何反もの布が雪上に晒されている。

眩《まばゆ》いばかりの色彩に、おきくは目をほそめた。

「まるで、錦絵のようだね」

「ふむ、献上布だけのことはあるな」

「だけど、織った娘が着ることはないらしいよ」

「誰に聞いた」

「おそめさ」

条次郎の妹を、おきくは自分の妹のように可愛《かわい》がった。

当初は二千両が目当てかとも疑ったが、そうではなく、天涯孤独になった十八の娘に心の底から同情しているのだ。

おそめは兄が盗人に堕ちたことを知っていた。

それでも、幼いころに可愛がってもらった思い出が忘れられず、粂次郎の帰郷を待ちつづけた。

七年ぶりに兄から便りが届いたのは、去年の夏のことだ。

便りは厳重に封印されており、ひらいて読むのが恐《こわ》かった。

「ひらけば、兄さんは永遠に戻ってこない。そんな気がしたのだとさ」

おそめがすべての事情を知った今も、便りは封印されたままだという。

「なにも、おまえさんに託すこともなかったのにねえ」

「盗人の金なんざ、欲しくはないのだとよ」

「おまえさんは、どうなんだい」

「金は金。欲しいにきまっておろうが」

「二千両もの大金を手にできりゃ、生涯安楽な田舎暮らしができるってもんだ。あたしもなんだか、文をひらいて読むのが恐くなっちまったよ」

そこへ、信濃屋幸左衛門がひょっこりやってきた。

「粂次郎の便りはどうなされた」

「今から、ひらくところだ。もし、二千両が出てきたら、あんたはどうするね」

「はて。本来なればお上に届けねばならぬところでしょうがな。ま、聞かぬふりをしておきましょう」

「ありがたい。それなら立ちあってくれ」

「ようござりますよ」

八郎兵衛は息を詰め、封を切った。

奉書紙をひらき、文面にさっと目をとおす。

おそめへの謝罪などが拙《つたな》い文字で記されている。

そして、あった。

「魚沼鎮守の杜《もり》、阿弥陀堂裏、一本杉の空洞《うろ》のなか……そうか、粂次郎は秘かに帰郷し、誰に逢うこともなく、空洞のなかに二千両を埋めた。そして、この便りをしたためたのだ」

八郎兵衛は興奮ぎみに捲《まく》したて、手放しで喜ぶおきくと肩を叩きあった。

なぜか、幸左衛門だけが浮かない顔をしている。

「この便りが届いたのはたしか、昨年の夏でしたなあ……ふむ、たしかに、秋口までは一本杉もござったが」

「あったが、どうした」

「村人が伐《き》りました。鉄砲水で堰が切れたもので、ご神木に願を掛けて新たな堰をこさえたのですよ」

八郎兵衛は、ごくっと唾を呑む。

「それで、杉を伐ったあとはどうなっておる」

「雪がかぶってござりましょう」

「なら、掘りゃいい」

「無理でござります」

「えっ、どうして」

「ご神木を伐ったあとに、村人が総出で大石を置きました」

「大石」

「はい。その名も不動石にござります。動かすには村人たちの手を借りねばなりますまい。もっとも、まんがいちにも動かせば、村がまた天災に見舞われましょう」

おきくはがっくりうなだれ、ことばを失っている。

「二千両は……い、石のしたか」

「さようでござりますな」

「くそったれめ」

「悪銭身につかずとはよくいったもの。ただし、粂次郎は一銭も使わずに逝《い》ってしまいました」

口惜しいというよりも、可笑《おか》しさがこみあげてくる。

「ぬははは、落とし話の落ちにしちゃ、できすぎているぜ」

八郎兵衛は晴れやかな気分になり、ひさしぶりに腹の底から笑った。

おきくも幸左衛門も、つられて笑いだす。

蒼天に鳴いているのは、揚雲雀《あげひばり》であろうか。

ようやく、越後の長い冬も終わる。

それでも、腹を空《す》かせた野良犬は旅をつづけねばなるまい。

安楽な田舎暮らしなど夢のまた夢にすぎぬ。

八郎兵衛は文を細かくちぎり、雪のように飛ばしてみせた。

善光寺《ぜんこうじ》精進落とし

一

弥生《やよい》もなかば、江戸の桜は盛りを過ぎたにちがいない。

八郎兵衛はおきくの希望を容《い》れ、祈りの道をたどっていた。

夜間瀬《よませ》川（千曲《ちくま》川支流）の畔《ほとり》に湧《わ》く湯田中《ゆだなか》温泉郷へひと月余りも逗留《とうりゅう》したのち、暖かい春風に吹かれながら善光寺をめざしたのだ。

木陰に雪の残る信州の谷間《たにあい》には、薄桃色の可憐《かれん》な花が咲いている。

「片栗《かたくり》か」

八郎兵衛の手折《たお》った花を、おきくは髪に挿した。

小千谷から善光寺へつづく北国脇往還は、善光寺街道と呼ばれている。

絹縮の里として知られる十日町のさきで信州との国境を越えると、信濃川は千曲川と名を変えた。

悠々と蛇行する川に沿って南進しながら野沢《のざわ》温泉を過ぎ、献上栗で知られる小布施《おぶせ》へ、さらには菜種《なたね》や綿花の一大産地である須坂《すざか》を過ぎて善光寺にいたる。そして、松代《まつしろ》、松本という城下町を経て信州を縦断し、中山道との追分けにあたる洗馬《せば》へと達する道程《みちのり》だ。

往還には白い遍路装束の男女がめだつ。

西方を仰げば、妙高《みょうこう》、黒姫《くろひめ》、飯縄《いいづな》、斑尾《まだらお》、戸隠《とがくし》といった北信五岳の峻峰《しゅんぽう》が白銀を戴《いただ》き、朝陽に神々《こうごう》しく輝いていた。

遥《はる》か前方には緑鮮やかな善光寺平《だいら》がひろがり、旅人の心を浮きたたせる。

「なんだか、夢のよう」

おきくは、蕾《つぼみ》がほころんだように微笑《ほほえ》んでみせた。

八郎兵衛は厳しい口調で釘を刺す。

「気を抜くな。丑松《うしまつ》はわしらを血眼《ちまなこ》になってさがしておるはずだ」

「ふん、言われなくてもわかっているさ」

八郎兵衛にしてみれば、温泉郷での長逗留はほとぼりをさますためだ。江戸への迂《う》回路《かい》となる善光寺街道を選んだのも、敵の目を欺《あざむ》くためにほかならない。

おきくは旅に出てからというもの、遊山《ゆさん》気分に浸っていた。

何かにつけて女房気取りで世話を焼き、冷たくすれば膨れ面をつくる。

それはそれで可愛《かわい》らしくもあったが、一方では鬱陶《うっとう》しさも感じていた。

あくまでも、八郎兵衛の狙いは霞《かすみ》の丑松を始末することにある。この世から丑松を消してしまわぬかぎり、枕を高くして眠ることもできない。二度と舞いもどらぬと決めた江戸をめざす気になったのも、先手を打って活路をひらきたいがためだった。

おきくは丑松の風貌《ふうぼう》を知っている。

「背は高いよ。頬骨《ほおぼね》の張った痩せた男さ。頬に惨《むご》たらしい刀傷があるんだ。あの顔は、喩《たと》えてみりゃ蟷螂《かまきり》だね」

などと、笑ってみせた。

八郎兵衛にしてみれば、おきくはただの水先案内人にすぎない。

目途を遂げたのちは、確実に別離が待っている。

それがわかっている以上、惚《ほ》れても惚れられてもまずい。

「おまえさん、宿場の棒鼻だよ」

「ああ、着いたな」

るることを夢に描いた。

二本坊三十九院坊を誇る善光寺は、女人救済の聖地でもある。蘇我馬子《そがのうまこ》の娘が出家して上人《しょうにん》となったのがはじまりで、創建当初は尼寺《あまでら》だった。ゆえに、参詣者《さんけいしゃ》の半数は婦女子で占められ、江戸の女も一生に一度は善光寺へお参りすることを夢に描いた。


「おまえさんはあたしのわがままを聞いてくれた。感謝するよ」

「勘違いするな。わしには別の目途がある」

「そうだったね。誰かに逢うんだろう」

逢えるかどうかはわからぬ。

霞小僧の動静を探るべく、八郎兵衛はひとりの男に邂逅《かいこう》したいと願っていた。

「そのおひとは、いったい何をしていなさるの」

「数珠師《じゅずし》だ。大門町の片隅に小さな見世《みせ》を構えておると聞いた」

「善光寺の数珠師が、なんだって江戸のことを」

「居るだけで裏事情が聞こえてくる。念仏の五助《ごすけ》とはそういう男だ。見た目は皺《しわ》顔の爺《じい》さまだが、そのむかしはちったあ名の知れた盗人《ぬすっと》でな、不浄役人のわしのしたで三年も働いてくれた」

「そいつは腐れ縁だね」

「五助に訊けば、悪党どもの動きが少しはわかるかもしれぬ。もっとも、まだ生きておればのはなしだがな。最後に顔をみたのは八年前さ」

「ふうん」

中天《ちゅうてん》に陽が昇るころ、ふたりは喧噪《けんそう》に包まれた門前町へ足を踏みいれた。

往来には旅籠《はたご》や土産物屋《みやげもの》が軒をつらね、露地裏には寺院御用達の店々が雑多に張りついている。生国《しょうごく》ごとに講をつくった白装束の一団が行き交い、参詣客を狙《ねら》った留《とめ》女《おんな》たちがそこいらじゅうで大声を張りあげていた。

「うかうかしてると引っぱられるよ」

おきくが楽しそうに発したそばから、八郎兵衛は肥えた留女に腕を取られ、さっそく『結城屋《ゆうきや》』という旅籠へ草鞋《わらじ》を脱ぐこととなった。

筆を嘗《な》め、宿帳に「長岡藩藩士山田権兵衛、妻りつ」などと記せば、おきくは嬉《うれ》しそうに手を叩《たた》く。

大広間では、参詣を終えた男どもが「精進落とし」の酒盛りをやっていた。

精進落としは、善光寺詣《もう》でにおける楽しみのひとつにほかならない。堅苦しい日常から解放され、羽を伸ばしたい連中が無礼講でどんちゃん騒ぎをやらかすのだ。

酒宴に呼ばれた飯盛女《めしもりおんな》たちの下卑《げび》た笑い声も聞こえ、うるさくてしかたない。

かといって、どこの旅籠も同じようなものだと聞かされ、八郎兵衛は二階の奥の部屋へ案内を請《こ》うた。

荷を解いたあとは風呂にもはいらず、ふたりで善光寺の本堂へ足を延ばす。

銀杏《いちょう》の巨木が繁《しげ》る三門をくぐると、面前に壮麗な撞木《しゅもく》造りの本堂があらわれた。

八郎兵衛は雷に打たれたようになり、おもわず「南無阿弥陀仏《なむあみだぶつ》」と唱える。

「へえ、存外に信心深いおひとだねえ」

おきくが小馬鹿にしたようにからかう。

善光寺が人気を博す理由は、あらゆる仏教宗派に門戸をひらく八宗兼学《はっしゅうけんがく》（天台宗、真言宗、南都六宗）の寺であるということだ。阿弥陀如来《にょらい》を敬虔《けいけん》な気持ちで拝む者ならば、宗派はいっさい問われない。

参詣者が「善光寺さま」と奉《まつ》じる御本尊は、一光三尊阿弥陀如来像である。

三尊の中心に祀られた阿弥陀如来は、両隣に観音菩薩《かんのんぼさつ》と勢至《せいし》菩薩を従えていた。

遊行聖《ゆぎょうひじり》の語る縁起《えんぎ》によれば、天竺《てんじく》から百済《くだら》経由でもたらされ、善光寺に腰を落ちつけたという。

ありがたい御本尊は、瑠璃壇《るりだん》の厨子《ずし》に納められていた。

ただし、永代不滅《えいたいふめつ》の常灯明《じょうとうみょう》が灯《とも》りつづける千年ものあいだ、一度たりとも開帳されたことがない。

　分身である前立本尊《まえだち》ですら六年に一度しか拝めないので、八郎兵衛とおきくは白装束の善男善女に倣《なら》って結縁《けちえん》を果たすべく、瑠璃壇の床下で「戒壇めぐり」をおこなった。

「おまえさまは何を願ったの」

　訊かれても応じるべきことばはない。

　現世での罪業を無きものにし、あわよくば極楽浄土へ導かれますようにと願ったにすぎなかった。

「あたしの願いはね、ずっと今のままでいること」

　おきくは俯《うつむ》き加減で、長い睫毛《まつげ》を瞬《しばた》く。

「丑松のことなんざ、もうどうだっていいんだ」

「そうはいかぬ。おぬしがどう考えようが、先方は地の涯てまで追ってくる」

「そのときはそのときさ」

「殺《や》られても構わぬというのか」

「悔いはないよ。おまえさんにいい目をみさせてもらったから」

　涙ぐむおきくを、抱きしめたい衝動に駆《か》られた。

が、八郎兵衛にはできない。

女という重荷を背負って生きる自信はなかった。

ふたりは本堂外の石碑に彫られた仏足跡《ぶっそくせき》を眺め、経蔵《きょうぞう》のなかにある輪蔵《りんぞう》を押しまわした。

輪蔵には一切経が納められ、押しまわすだけで功徳《くどく》がある。

女の気持ちは変わりやすい。

さきほどとは打って変わり、おきくは眸子《まなこ》を怒らせた。

「やっぱり、始末してもらうしかないね」

仏の慈悲に縋《すが》りながら、丑松の悪行をおもいだしたのだ。

散々に嬲《なぶ》られた恨《うら》み辛《つら》み、けっして忘れさることのできない記憶が怨念《おんねん》となり、奥深いところから噴きだしてきたにちがいない。

「ひとつだけ訊いていいかい」

「なんだ」

「おまえさんは、なんのために丑松を殺《あや》めるの」

「金のためさ、きまっておろうが。おぬしは、わしに五十両の対価を払ったではないか」

「ふっ、そうだったね。そいつを聞いて踏んぎりがついたよ」

おきくは寂しげに笑い、振りむきもせずに参道を遠ざかっていった。

二

門前の往来を歩いていると、烟《けむ》るような雨が降りそそいできた。

「七つ下がりの雨だな」

八郎兵衛がぽつんと漏らせば、市女笠《いちめがさ》のおきくが朱唇《くちびる》をほころばせる。

「きっと長雨になるよ。七つ下がりの雨と四十過ぎの道楽はやまぬというからね」

「なるほど、そうかもしれぬ」

春の長雨は菜種梅雨《なたねづゆ》、野花の開花を促す催花雨《さいかう》とも呼び、いつまでもしとしと降りつづく。

風の便りで五助の所在を知ったのは、二年前のことだった。

半信半疑で足を向けると、大門町の露地裏に小さな数珠屋はあった。

「ごめん」

敷居をまたいで声を掛けると、奥の暗がりに眼光が動いた。

頬骨の張った白髪の男が、ぬっと皺首を差しだしてくる。

「なんか用けえ」

濁った眸子が、突如として生気を帯びた。

「だ、旦那《だんな》。伊坂の旦那じゃござんせんか」

「おう、おぼえていてくれたか」

「忘れるわけはねえ。旦那はあっしの恩人だ。さ、入ってくだせえ」

「すまぬな」

八郎兵衛は誘《いざな》われ、腰の大小を鞘《さや》ごと抜いた。

所在なげなおきくにたいし、五助が笑いかける。

「濡れ髪の姐《ねえ》さんもどうぞ。なあに薄汚《うすぎたね》え借家だ。遠慮はいらねえ」

「それじゃ、ごめんなさいよ」

おきくは水玉の手拭《てぬぐ》いで足を拭《ふ》くと、褄《つま》を取って土間にあがった。

部屋はふた間つづきになっており、裏には勝手口もある。

隅に置かれた衣桁《いこう》には、花模様の小さな単衣《ひとえ》が掛かっていた。

八郎兵衛は目敏《めざと》くとらえながらも、余計なことは訊《き》かない。

五助は番茶を淹《い》れながら、へへと照れ笑いをしてみせた。

「口減らしに捨てられた百姓の子を、孫娘にしたんでさあ。名はおみよと申しやす。八つになったばかりで」

「そうかい、おみよなあ」

「早《はえ》えもんで、江戸を離れて八年になりまさあ。十手持ちが嫌になって、旦那に泣きついたのが昨日のことのようだ。あんときゃ迷惑をかけやした」

「いいってことよ。むかしのはなしだ」

五助は心中くずれの若い女をふんじばり、日本橋の北詰で晒《さら》し者にした。晒しの三日目は氷雨《ひさめ》のぱらつく寒い日で、不運にも女は凍え死んでしまった。役目柄いたしかたのないこととはいえ、五助は女の死を悼《いた》んだ。心の傷を癒《いや》すことができずに、十手を抛《ほう》りだしたのである。

そういえば、死んだ女が「おみよ」という名であったことを、八郎兵衛はおもいだした。

「それにしても、おめえが数珠師になるとはなあ」

「念仏の異名は伊達《だて》じゃねえってことでさあ。こうなる運命《さだめ》にあったんでしょうよ」

五助はかつて、錠前破りでは右に出るものがいないといわれたほどの盗人だった。八郎兵衛に捕縛《ほばく》され、再起を誓って手下になった。ところが、心根が優しすぎるせいで、悪党にも十手持ちにもなりきれなかった。

蔵荒らしの際にはかならず「南無阿弥陀仏」と唱えるので「念仏」の異名をとったほどの男が、今は善光寺の片隅で数珠作りをやっている。

「数珠玉はぜんぶで百八個、こいつは煩悩《ぼんのう》の数でさあ。数珠玉にゃ仏が宿っていなさる。ひと粒ひと粒爪繰《つまぐ》るたびに、これまでの罪業が消えていくんでさあ」

「ひと粒ひと粒爪繰るたびにか」

「へえい」

たいていの数珠玉は、梅、桜、欅《けやき》、榧《かや》などの木地《きじ》を素材とするが、稀《まれ》には水晶《すいしょう》や瑪《め》瑙《のう》などの石や栴檀《せんだん》や沈水《じんすい》といった香木などを使うこともある。

「この舞錐《まいぎり》で小せえ玉に穴をあけ、木賊《とくさ》で磨くんでさあ。そいから、水蠟《いぼた》の粉末入りの袋んなかで擦りあわせると、何ともいえねえ艶を出す。けどねえ旦那、数珠作りは玉よりも連ねる糸の張り加減や房の編み方、玉の配色なんぞのほうが難しい。根気も年季もいる仕事だが、こいつがなかなかおもしれえ」

在家信者は数珠をもたないので、たいていの数珠師は僧侶《そうりょ》の住まう寺の門前に店を構える。この道に進もうときめた五助が宿坊の集まる善光寺へ流れついたのも、理由《わけ》のあることだった。

「旦那が江戸を捨てたって噂《うわさ》は、耳にしておりやしたよ。陰ながら案じておりやしたが、まずはお元気そうでなにより」

「そうみえるか」

「面相もふっくらしなすって、血色も良さそうにみえやすけど」

「肥えたのさ。わしも四十だ」

「あっしなんざ還暦を疾《と》うに超えやしたぜ」

「ふふ、齢《とし》ではかなわぬな」

「ところで、そちらの姐さんは」

「おう、忘れておった。これはおきく、深川の辰巳《たつみ》芸者よ」

「ふへえ、辰巳芸者なんぞに、おいそれとお目に掛かれるもんじゃねえ。どれどれ、顔を拝ませておくんなさい……ほほう、やっぱし色気がちがう。そんじょそこらの遊び女じゃこうはいかねえ」

「褒《ほ》められてんだかなんだか、わかりゃしないねえ」

まんざらでもないといった調子で、おきくは八郎兵衛に流し目をおくる。

「で、旦那はなぜ、おきくさんを連れて旅を」

五助はふたりをみくらべ、ことばを継いだ。

「ただの善光寺参りじゃなさそうだな。のっぴきならねえ事情ってもんがおありなんでしょう」

「あいかわらず勘が鋭いな。おぬし、霞の丑松は知っておろう」

「知らねえわけはねえ。旦那も追っかけてた悪党でしょうが」

「おきくは丑松の情婦《おんな》でな、事情があって逃げたのよ」

「えっ」

五助の顔から血の気《け》が引いた。

「おぬしなら、江戸の動きを少しは知っているとおもってな」

「それで、訪ねてこられたんですかい」

「迷惑か」

「と、とんでもねえ。ただ、相手が丑松となりゃ、よっぽど褌《ふんどし》を締めてかからねえと」

「なにか聞いておるようだな」

「へえ、丑松が情婦に裏切られたってはなしは聞いておりやす」

その情婦がおきくであることを知り、五助の顔は強張《こわば》ったままでいる。

八郎兵衛は身を乗りだした。

がるもんでね」
「むかしの盗人仲間でさあ。足を洗った連中が善光寺参りにちょくちょくやってきや
「誰から聞いた」

五助は、顔をわずかに曇らせた。
訪ねてくるのは、足を洗った連中ばかりではあるまい。
五助の技倆《うで》を知る悪党どもが、仕事の依頼にやってくるのだ。
そうした連中の口から、江戸の噂は聞かずとも耳にできる。
八郎兵衛の想像は当たっていた。
この際、五助が裏の仕事を請けおっているかどうかはどうでもよい。
「丑松は慎重な野郎ですぜ。情婦の線から足がつかねえようにと、佐賀町の油問屋を
廃業しちまったらしい」
おきくは口にふくんだ茶を、ぶっと吹きそうになった。
「惜しげもなく縹屋《はなだや》の看板をおろすとはな、丑松もなかなかの男だ」
「まったくで」
大店《おおだな》を閉めても微動だにしないだけの財力があるのだ。
「旦那、悪党どもは闇の裏側に隠れちめえやがった。丑松の野郎はおきくさんを、草

の根を分けてでも捜しだす腹でおりやしょう」

「で、あろうな」

「丑松をみつけだすのは至難の業《わざ》でやすぜ」

「江戸へ行けばなんとかなるさ」

「旦那、そいつは甘《あめ》え。なんだったら、こっちから誘いだすって手もある。あっしが餌《えさ》を撒《ま》いておきやしょう」

「いいや、おぬしを巻きこむわけにはいかぬ」

八郎兵衛は、衣桁に掛かった単衣をちらっとみた。

孫娘のおみよは、近所へ遊びにでも出ているのだろう。

「なあに、あっしも念仏の異名をとった男だ。へまはしねえ」

ふたりの会話を聞きながら、おきくは冷や汗を掻《か》いている。

悪党どもを誘いだすということは、大勢の血が流れることを意味する。

「旦那、あっしにも意地がある。丑松みてえな極悪人は、この世から消しちまわねえことにゃ気持ちがおさまらねえ。いかがです。わかっていただけやしたかい」

「ふむ。だが、無理はせんでくれよ」

「承知しやした」

「それからもうひとつ、訊いておきたいのだが」

「なんでやしょう」

「死神と呼ばれる人物の噂を耳にしたことはないか」

「さあて、そいつは知らねえなあ」

「そうか、ならばよい」

八郎兵衛は冷めた茶を呑みほし、五助のもとを去った。

町は夕闇に沈み、あいかわらず雨は降りつづいていた。

三

雨は五日も降りつづいた。

雨粒をふくんだ黒土からは、陽炎《かげろう》が立ちのぼっている。

五助からの連絡はない。

潤った野面《のづら》には赤や黄や紫の野花が咲きみだれ、晩春の装いを彩っていた。

百姓たちは水口《みなくち》を落としてあった用水路を修復し、苗代《なわしろ》の準備をはじめている。

百姓にとって春の雨は甘露《かんろ》のようなものとも聞くが、江戸近郊の農家にくらべれば半月余りも作業は遅い。

おきくは法要の「お朝事《あさじ》」を聞きに、早朝から善光寺本堂へ足を向けた。

八郎兵衛は川中島の古戦場でも眺めようとおもい、千曲川の西岸を歩いている。

空は晴れ、川はゆったりと流れていた。

約二百八十年前の秋、妻女山《さいじょさん》を下りた上杉謙信《うえすぎけんしん》は深い霧のなかへ馬首を進め、忽然《こつぜん》と武田信玄《たけだしんげん》の本陣にあらわれた。広闊《こうかつ》な八幡原《はちまんばら》で竜虎《りゅうこ》が直《じか》に干戈《かんか》を交えたのは、五度におよんだ戦いの四度目のことだ。勝敗は決せず、謙信も信玄も覇者になる夢を病床に描きながらこの世を去った。

今、川中島に馬群の粉塵《ふんじん》はみえず、甲冑《かっちゅう》武者の阿鼻《あび》叫喚《きょうかん》も聞こえてこない。凱風《がいふう》の吹きぬける川の対岸には、白壁の美しい城下の町並みが遠望できた。

「松代か」

表高十万石、八代にわたって栄える真田《さなだ》家の城下町である。

松代城は信玄の軍師山本勘助《やまもとかんすけ》によって築城され、海津《かいづ》城と称された。川中島の戦いでは武田軍の拠点ともなったが、今の城主は真田幸貫《ゆきつら》である。

幸貫は次期老中との呼び声も高い聡明な殿様だ。寛政《かんせい》の改革で質素倹約を励行した松平定信《まつだいらさだのぶ》の次男に生まれ、真田家の養子となった。八代将軍吉宗《よしむね》の血を引き、進取の精神に富んでいるとの評もある。儒学者の佐久間象山《さくましょうざん》を登用し、みずからも旺盛に蘭学や西洋砲術などを学びつつ、藩士たちには文武の修練を奨励している。

松代藩ならば仕官してもよいと、八郎兵衛はおもった。

扶持《ふち》を頂戴しながら、自由闊達《かったつ》な気風のなかで剣術指南でもできれば、これほどありがたいはなしはない。しかるべき藩士の娘を嫁に取り、子宝にも恵まれて一家を成し、つつましいながらも幸福な生活を営むことができればなどと、夢のようなことを描いてしまう。

旅から旅へ、根無し草のごとき暮らしに疲れてしまったのかもしれない。

金を貰《もら》って人を斬り、人の恨みを背負って逃げつづける。

そんな自分に嫌気がさしてきた。

が、夢など描くまい。

流浪のはてに路傍で野垂れ死ぬのが、自分にはいちばん似合っている。

八郎兵衛は土に根を張る力芝を引っこ抜き、意味もなく「うおう」と吼《ほ》えた。

土手のうえには、ぽっかり白雲が浮かんでいる。

鳶《とび》がくるくる旋回する真下で遊行聖がひとり、念仏を唱えながら合掌していた。

「もし、いかがなされた」

気になって問いかけると、老いた遊行聖は南に聳《そび》える冠着山《かむりき》に鎮魂の祈りを捧げているという。

「冠着山か」

善光寺の市中からも遠望できた。

松代のつぎの桑原宿《くわばら》を越えたところに聳え、西麓には難所の猿ヶ馬場峠《さるがばんばとうげ》をかかえている。いまだに棄老《きろう》伝説の息づく姨捨山《おばすてやま》であった。

「わしはかつて母を捨てた。あの山に捨てたのじゃ」

と、遊行聖は声を震わせる。

「枯木のごとき母を背負い、わしは山道を登った。母は目を患《わずら》っておったが、山から見下ろす里の景色がえも言われぬほどに美しいと漏らした。山には雪がちらついておってのう、わしは馬頭《ばとう》観音を彫った道祖神の隣に母を座らせたのじゃ。まわりには白いものが積もっておった。雪かとおもえば、それは人の骨じゃった。堪《たま》らずに母を抱きあげようとしたらば、母は去《い》ね、去ねというのじゃ。かぼそい声が今も耳に聞こえてきよる。去ね、去ねとなあ」

一心不乱に祈ることでしか、罪を贖《あがな》う術《すべ》はない。

八郎兵衛は胸騒ぎを感じ、急ぎ足で土手を進んだ。

善光寺の往来を矢のように駈け、息を弾ませながら『結城屋』へ飛びこむ。

二階の奥の部屋におきくのすがたはみえず、代わりに、花模様の着物を纏《まと》った童女が座っていた。座敷童《ざしきわらし》のように、ぽつねんと座っているのだ。

「そなたは、おみよか」

八つの娘はこっくりうなずき、栗鼠《りす》のような目を向けた。

「爺《じ》っちゃんに言われた。結城屋へ行けって」

「そ、そうか」

「きれいなおひとが、ここで待ってなと言わしゃった」

「おきくだな」

「うん」

五助の身になにかあったにちがいない。

それと察したおきくは、事情を訊きに走ったのだ。

おみよはぎゅっと口を結び、お手玉で遊びはじめた。

そこへ、おきくが舞いもどってきた。

「おまえさん、たいへんだよ」

八郎兵衛は袖《そで》を引かれ、廊下へ連れだされた。

おみよに聞かせたくないはなしなのだ。

「五助さんがしょっぴかれちまった」

「なにっ」

一昨日の晩、松代城下の『梓屋《あずさや》』という絹糸問屋の蔵が荒らされた。盗まれたのは小判にして三百両。五助は錠前破りの嫌疑を掛けられ、松代藩の役人に縄を打たれたらしい。

「一刻ほどまえのはなしさ。近所じゅうの噂にのぼっているよ」

「捕まったのは五助ひとりか」

「そのようだね」

「誰かの駆《か》っこみだな」

「五助さん、ほんとにやっちまったのかねえ」

うっかり口を滑らし、おきくは八郎兵衛に睨まれた。

「濡《ぬ》れ衣《ぎぬ》を着せられたのかもしれぬ」

「だったら、助けてあげないと」

部屋のなかでは、おみよが無心に遊んでいる。

可愛い孫娘のためにも、五助は生きて救いださねばならない。

だが、いったい、どうやって助けろというのだ。

「蔵荒らしに遭った絹糸問屋を訪ねてみたらどうだい」

おきくは瞳《ひとみ》を輝かせる。

なるほど、まずは常道だろう。

家人が下手人の顔を目にしているかもしれず、主人からも新たな事実を聞きだせるかもしれない。考えてみれば、大店の蔵が荒らされたにしては三百両という金額はいかにも中途半端な感じもする。

「よし、梓屋を洗ってみるか」

「さすがは伊坂八郎兵衛、そうこなくっちゃ」

おきくは袖をまくり、燧石《ひうちいし》を打つまねをした。

四

善光寺から松代までは一里十町、半刻もあればたどりつく。

武家屋敷の密集する清須町《きよすまち》のはずれ、白壁の繭蔵《まゆぐら》がつらなる一角に『梓屋』はあった。

屑《くず》繭や真綿を紡《つむ》いで縒《より》をかける製糸業は、天保期になって藩主幸貫のはじめた一大事業である。いまや、紬糸《つむぎいと》の収入は藩財政を支える大きな柱に育っていた。『梓屋』も絹糸問屋仲間のひとつで羽振りはよい。

豪壮な門構えの屋敷は、予想に反して水を打ったような静けさを保っていた。

「たのもう、たのもう」

八郎兵衛はちからまかせに門を敲《たた》き、野太い声を張りあげた。

潜《くぐ》り戸《ど》がひらき、手代風の男が訝《いぶか》しげな顔を差しだしてくる。

「どなたさまで」

「御用の向きじゃ」

居丈高《いたけだか》に発するや、手代は「へへえ」とお辞儀をしながら通してくれた。

月代《さかやき》も剃《そ》らず、埃《ほこり》臭い着物を纏《まと》い、藩士でないことは一目瞭然《いちもくりょうぜん》のはずなのに、家人はみな八郎兵衛の威風に気圧《けお》されて、ことばも掛けられない。

通された客間で脇息《きょうそく》にもたれ、出された煎茶《せんちゃ》を呑んでいると、ほどもなく五十がらみの痩せた男があらわれた。

「手前が主人の宗三郎《そうざぶろう》でござりますが」

と、死人のような蒼い顔でかしこまってみせる。

「ふむ、わしは伊坂八郎兵衛じゃ」

「御用のおもむきとか」

「さよう」

「横目同心の橋爪左内《はしづめさない》さまには、すでに問責を賜《たまわ》りましたが」

「ほう、横目役の同心づれになあ。さすがは大商人《おおあきんど》の梓屋、三百両ぽっちを盗まれた程度では痛くも痒《かゆ》くもないとみえる。なにしろ、探索方の与力すら検分に訪れぬのだからなあ」

「恐れながら、手前どもにとっても三百両は大金にございます」

「さればなにゆえ、同心の問責で事がおさまるのだ。妙であろうが」

鼻息も荒く捲《まく》したてるや、梓屋は声もなく畳に額《ぬか》ずいてみせる。

八郎兵衛は口調をやわらげ、青剃りの月代頭に囁《ささや》きかけた。

「のう梓屋、世間では十両盗めば首が飛ぶ。盗まれたほうもそれなりの仕置きを受けねばならぬ。それがお上の御定法じゃ。おぬしが盗まれた金額は十両の三十倍にもおよぶ。そいつをお咎《とが》めもなしでまるくおさめようとは、ちと虫が良すぎるのではないか」

「ご……ご勘弁を、このとおりにござります」

「橋爪某《なにがし》にいくら払った。いいや、橋爪だけではあるまい。その上役やら勘定方なんぞにも鼻薬を嗅《か》がせておるのだろうが、え」

梓屋は脂汗《あぶらあせ》を掻《か》き、平伏したままでいる。

こちらの素姓を誰何《すいか》もせず、眼差しすら合わせようとしない。

はなしは妙な方向に逸《そ》れてしまったが、このたびの件には裏があるなと八郎兵衛は睨んでいた。

こうなると調子に乗って立て板に水のごとく、ことばが溢《あふ》れだしてくる。

「梓屋、勘弁ならぬぞ。うぬら商人も存じおるとおり、お城におわす幸貫公は清廉潔白なお方じゃ。天地がひっくりかえろうとも、賄賂《まいない》なんぞはお認めになるまい。純白の帆に一点でも染みがあれば、お赦《ゆる》しにはなられまいぞ」

「へへえ」

「松代十万石は今、大海に帆を張って雄々《おお》しく漕《こ》ぎだしたばかり。櫂《かい》を握る商人どもが驕《おご》りたかぶっておるようでは前へ進まぬ。わかるか、今は藩をあげて一致団結のときぞ」

「へへえ」

「梓屋、おぬしに改悛《かいしゅん》の機会を与えよう」

「まことにございますか……ど、どうすればよろしいので」

「おのが胸に訊いてみい。嘘偽りがあるかなきかを」

梓屋宗三郎は肩を震わせ、ぐしゅっと洟水《はなみず》を啜《すす》った。

「……め、面目《めんぼく》次第もございませぬ。お殿様になんと、なんと申しひらきいたせばよいものやら」

「泣くな泣くな。さ、事情《わけ》をはなしてみよ。つつみかくさずのう」

「かしこまりました」

やはり、事情とやらがあったらしい。

八郎兵衛はほくそ笑んだ。

「じつを申せば、三百両は他人様に盗まれたのではございませぬ」

「ほう」

「放蕩《ほうとう》息子のやったことにございます」

「なんだと」

次男坊が博打《ばくち》にのめりこみ、膨らんだ借金が三百両にのぼった。金か命かどちらか差しだせと、破落戸《ごろつき》どもに脅された。金はない。親に泣きつけば勘当される。帳場の金をくすねようにも、番頭の目が光っているうえに三百両には足りぬ。無い頭を絞ったすえに、蔵荒らしの狂言をおもいついたという経緯《いきさつ》だった。

これで、五助の嫌疑はあっさり晴れた。

八郎兵衛は怒りを抑え、声を押し殺す。

「それで」

「はい、手前が知ったのは昨日のことでして、あの莫迦《ばか》が蒼い顔をしておりますもので問いつめたところ、狂言であったことがわかりました」

「鉄火場の胴元は誰だ。そいつに脅されたのであろう」

「馬頭《ばとう》の善鬼《ぜんき》なる悪党です」

背中に馬頭観音の刺青《いれずみ》を彫った山賊《やまがつ》らしい。

冠着山を根城に桑原から麻績《おみ》までの広範囲を股に掛け、徒党を組んで旅人を襲うこともある。里に下りては宿場はずれの荒れ寺などで、御法度《ごはっと》の鉄火場を開帳しているという。

「そんな野郎に引っかかったら、一度や二度の強請《ゆすり》では済むまい。三百両ってのは挨《あい》拶《さつ》代わりよ。連中はおぬしの睾丸《きんたま》を握った気でおるぞ。抛《ほう》っておけば血の一滴まで搾《しぼ》りとられるわ」

「ど、どういたしましょう」

梓屋は泣きべそを掻き、膝《ひざ》を躙《にじ》りよせてくる。

「はあて、どうするか。ん、そうだ。善光寺の数珠師が縄を打たれたのは知っておるか」

「橋爪さまにお聞きしました。数珠師の方にはまことに申し訳ないことで」

「申し訳ないでは済まされぬ。五助には八つになる孫娘がおってな、獄門にでもされたら孫娘は天涯孤独の身じゃ」

「さ、さようで……それは困りました」

「なぜ、橋爪は五助を捕まえたのじゃ」

「何者かの訴えがあったとか。おそらく、善鬼ではないかと」

善鬼は五助の過去を従前から知っており、悪事の相談をもちかけたことがあった。断られた腹いせに濡れ衣を着せたのではないかと、八郎兵衛は推測した。

「梓屋」

「はい」

「おぬしの口利きで五助を救えるか」

「なんとかいたしましょう」

金をばらまき、役人どもをまるめこむのだ。

「よし、一刻も早く救ってやれ」

「は、されど、善鬼のほうは」

「悪党退治か」

「はい」

「請けおってもよいぞ」

「請けおうとは……ど、どういう意味にござりましょう」

「金を払えと申しておる」

「へっ」

梓屋は素《す》っ頓狂《とんきょう》な声をあげ、亀のように首を振りあげた。

「驚くことはなかろう。わしの口を封じねば、おぬしの放蕩息子は磔《はりつけ》獄門ぞ。梓屋の身代は総召しあげを免れまい」

「そ、そんな」

「もうひとつ、教えといてやる」

「は、なんでござりましょう」

「わしは松代藩の役人にあらず。ご覧のとおり、ただの風来坊さ」

「へっ」

梓屋は阿呆《あほう》のように、口をぽかんとあけた。

五

翌朝、五助は解きはなちになった。

——どおん、どおん。

本丸太鼓門の大太鼓が明け六つを報《しら》せるなか、襤褸《ぼろ》屑のように道端へ抛りだされたのだ。

五助を引きずってきた番人どもは唾《つば》を吐き、搦《から》め手のほうへ遠ざかっていった。

八郎兵衛は素早く駈けつけ、老いた男の傷んだからだを抱きおこした。

「五助、だいじょうぶか」

「おかげさんで、命だけは繋がりやした」

「ずいぶん痛めつけられたな」

「ちょいと笞《むち》でね。へへ、ひさかたぶりに血反吐《ちへど》を吐かされやしたぜ」

強烈な口臭に息が詰まる。

立たせようとした途端、五助は低く呻《うめ》いた。

よくみれば裸足《はだし》なのだ。着物の襟首はちぎれ、蚯蚓腫《みみずば》れの痛々しい傷がのぞいている。

唐突に、人の気配が立った。

枡形《ますがた》門のほうから、ひょろ長い男が近づいてくる。

「ちくしょう。狐《きつね》野郎がきやがった」

五助は身を強張らせ、悪態を吐《つ》いた。

なるほど、男の顔は狐によく似ている。

笞を振るった張本人、橋爪左内であった。

「うぬが伊坂とか申す野良犬か」

橋爪は八郎兵衛を睨《ね》めつけ、小狡《こずる》そうに口の端を吊りあげた。

「梓屋をだまくらかし、まんまと盗人を救いだしたってわけだ。わしが数珠師の素姓を知らぬとでもおもうのか。墨入りの錠前破りめが。伊坂よ、うぬも盗人仲間であろう。大手を振って日向《ひなた》を歩けぬ身ではないのか」

「よう喋《しゃべ》る男だな。わしに何か用か」

「別に。顔を拝んでおきたかっただけよ」

「そんな暇があるんなら、冠着山の悪党どもを捕まえにいくんだな」

「馬頭の善鬼か。やつにはさんざ手を焼かされたわ」

「だったら、早いとこ始末をつけろ」

「うぬに命じられる筋合いはない。世の中には必要悪というものがあってな、善鬼のような輩《やから》でもときには役に立つ」

「ほほう、そういうことかい」

「そういうこととは」

躙りよる橋爪を目で制し、八郎兵衛は顎《あご》の無精《ぶしょう》髭《ひげ》をしごいた。

「横目と悪党が裏でつるみ、阿呆な商人から金を搾りとろうって筋書きさ。ひょっとすると、放蕩者の次男坊を鉄火場へ誘いこんだのも、おぬしではないのか」

「手前勘《てまえかん》でものを言うな」

「怒ったところをみると、図星のようだな」

「なにを」

橋爪は大刀の柄《つか》に手を掛けた。

「すわっ」

気合いを発したまではよかったが、刀を抜くこともできない。

八郎兵衛が懐中へ飛びこみ、凄《すさ》まじい膂力《りょりょく》で橋爪の手首を押さえこんでいた。

「……は、放せ下郎、放せ」

「きゃんきゃん吼えるな、ほれよ」

「うわっ」

手首の閂《かんぬき》を外してやると、橋爪はどっと尻餅《しりもち》をついた。

八郎兵衛は腰を屈め、覆いかぶさるように覗《のぞ》きこむ。

「抜くのか。抜けば首が飛ぶぞ」

「くそっ、おぼえてろ。すぐに決着をつけてやる」

捨て台詞《ぜりふ》を吐き、狐は這々《ほうほう》の体《てい》で去ってゆく。

五助は晴れ晴れとした顔で、啖呵《たんか》を切った。

「へん、ざまあみやがれ。味噌汁《みそしる》で顔洗って出直してこいってんだ」

「五助、とりあえず結城屋へもどろう。おみよが待っておる」

「へい」

「湯にでも浸《つ》かって、策を練ろうではないか」

とは言ったものの、のんびりと構えてばかりもいられない。

横目の木っ端《こば》役人を通じて、こちらの動きは悪党に筒抜けなのだ。

八郎兵衛は、五助に肩を貸してやった。

「旦那、なんだか懐かしいですぜ」

「ん、そうだな」

悪党どもを追いかけ、江戸じゅうを駈けまわっていたころの記憶が、鮮やかに甦《よみがえ》ってくる。

正義という二文字を掲げ、無我夢中で役目に没入していた日々。

考えてみれば、あのころがいちばん輝いていた時期かもしれない。

あれこれおもいめぐらせつつ、八郎兵衛は善光寺の大路へたどりついた。

旅籠のまえで心配そうに佇《たたず》んでいるのは、おみよの手を引いたおきくだ。

まるで、母子《おやこ》のようだった。

「爺《じ》っちゃん」

五助のすがたを目敏くみつけ、おみよが矢のように飛んでくる。

おきくは袖で目頭《めがしら》を拭きながら、無事を喜ぶ五助とおみよをみつめた。

八郎兵衛はおきくのもとへ、のっそり歩みよる。

「おまえさん、みないでおくれよ」

「恥ずかしがることはなかろう。泣きたいときは泣けばいい」

「なんだか、おとっつあんのことをおもいだしてさ」

花火師の父親は、おきくが十のときに病死した。

時雨《しぐれ》の降る菊月に生まれた娘は、父親にずいぶん可愛がられたらしい。

「おとっつあんは娘のためにと、二寸玉をこしらえてくれた。打ちあげ花火さ。夜空にぼんと破裂して、菊の花を咲かせるんだよ」

「ほう」

おきくはまだ、菊の花火を目にしていない。

二寸玉は父親の形見として、いまも肌身離さず携えているという。

「なにはともあれ、よかったよ。気丈なおみよは泣きもせず、五助さんの帰りを待っていたんだから」

四人は連れだって旅籠のなかへはいった。

旅籠の連中には心付けをはずんだので、薄汚い五助は不審がられる心配もない。

五助が湯を浴びて傷を癒したあと、四人は奥の部屋で夕餉《ゆうげ》を囲んだ。

血の繋がりのない者同士だが、端《はた》から眺めれば和《なご》やかな一家団欒《だんらん》のようにみえる。

おきくが衝立《ついたて》の向こうにおみよを寝かしつけると、五助はおもむろに喋りだした。

「旦那、あっしを嵌《は》めた馬頭の善鬼ってな、霞の丑松とも関わりのある男なんで」

「ほう」

はなしは十一年前に遡《さかのぼ》る。

霞の一味は江戸のとある札差《ふださし》の金蔵から、まんまと大金を盗んだ。盗んだ大金を隠《いん》蔽《ぺい》すべく善光寺詣での講をつくり、巡礼にしたてあげた乾分《こぶん》どもに金を分散して持たせたのち、中山道の洗馬《せば》経由で信州へ運ばせた。

「目途を果たした一味は善光寺門前で旅籠を一軒まるごと借りきり、呑めや歌えやのどんちゃん騒ぎをやらかしたんでやすよ」

仏道修行ではなしに、泥棒稼業に励んだすえの「精進落とし」だった。

そのとき、一味の接待役として重宝がられたのが善鬼であったという。

「しがねえ馬喰《ばくろう》の善鬼が、あれよあれよというまに山賊の親玉にまでのぼっちめえやがった。それもこれも、丑松に目を掛けられていたからなんで。へい、いまも時折、精進落としの連中は江戸からやってくるってはなしだ」

「五助よ、そいつをなんで黙ってた」

「十一年めえ、札差の金蔵を破ったのはあっしなんです」

「なんだと」

「驚かれやしたかい。そいつだけは旦那にも言えなかった。けど、神仏に誓ってもいい。あっしは丑松の手下なんかじゃねえ。あんとき、たったいちどだけ、魔がさしちまったんでさ」

八郎兵衛は記憶をたぐり、凄惨《せいさん》な出来事をおもいだしていた。

「たしか、札差の一家はみなごろしにされたはずだな」

「そうなんで、殺らせたな丑松の野郎でさあ。まさか人を殺すとは、あっしは夢にもおもわなかった」

札差一家殺しをきっかけに、五助は足を洗う覚悟を決めた。

こそ泥をはたらいてわざと捕まり、運良く八郎兵衛に拾われたのだ。

「丑松からは、また声が掛かるにきまってる。それならいっそ縄を打たれ、一味から逃れようとおもったんだ」

ただし、札差殺しに関わったことがお上に知れたら、十手持ちの小者《こもの》になるどころか磔獄門すら免れない。八郎兵衛とは三年間もつきあっていながら、ついに札差の一件だけは口にできなかったと五助はうなだれる。

「そんな事情があったとはな」

「あっしが善光寺に腰を落ちつけたのも、なにかの因縁《いんねん》でやしょう。避けようとすればするほど、因縁ってやつに引きつけられる。旦那とこうして邂逅できたのも、仏さんの導きにちげえねえ。十一年めえの清算をしねえことにゃ、どうやらあっしは静かに暮らしていけねえらしい」

五助は闇に隠れた丑松の所在を炙《あぶ》りだすべく、馬頭の善鬼と繋ぎをとった。

相手を油断させるために過去の悪行を吐露《とろ》したところ、そのことを逆手に取られ、梓屋の蔵を破った下手人に仕立てあげられたのだ。

「それが顛末《てんまつ》なんで」

「なるほど」

八郎兵衛はむっつり黙りこみ、酒を呷《あお》りつづけた。

一方、おきくは精進落としのことを丑松から知らされていないようだった。善光寺の周辺に丑松の息の掛かった連中が巣くっていることなど、想像もできなかったにちがいない。

衝立の向こうでは、おみよが寝息をたてている。

「五助、悪党どもの巣を教えろ」

「今から、向かいなさるので」

「ふむ、善は急げだ」

八郎兵衛は盃を膳《ぜん》に置き、怒ったように発した。

六

夜露に濡れた苔《こけ》のうえで、遊行聖が野垂れ死んでいる。

母を山に捨てた行者かどうかはわからない。

屍骸《むくろ》を仰向けにしてみると、猛禽《もうきん》に双眸《そうぼう》を抉《えぐ》られていた。

虚空《こくう》をみつめる眼差しのさきには、朧《おぼ》ろに霞む月の舟が浮かんでいる。

「あのときの」

——くえっ。

得体の知れぬ生き物の喚《おめ》きが聞こえてきた。

八郎兵衛は月影だけをたよりに、険しい山道を登っている。

松代から桑原の宿を過ぎ、冠着山の北面へ齧《かじ》りついたのだ。

遊行聖の屍骸の側《そば》には、馬頭観音を象《かたど》った道祖神が佇んでいた。

火焔《かえん》の光背《こうはい》を持つ馬頭観音は、いっさいの煩悩《ぼんのう》を破却する徳をつかさどる。

一心不乱に念誦《ねんじゅ》すれば、地獄、餓鬼、畜生、修羅といった悪の因縁の連鎖を断ちきり、その功徳はあたかも奔馬が濁水《にごりみず》を呑みほし、痩せ馬が雑草を食べつくすに似ているとも伝えられる。

「オンアミリトドハンバウンハッタ」

八郎兵衛は真言を唱えながら歩みより、無造作に国広を抜きはなった。

「ふおっ」

白刃が妖しく閃《ひらめ》き、鍔《つば》鳴りとともに鞘へ納まる。

刹那《せつな》、石の馬頭観音はまっぷたつに割れた。

人に功徳をもたらす仏をも懼《おそ》れず、悪霊を祓《はら》う道の神をも懼れず、みずから修羅にならねば人なぞ斬れぬ。

「待っておれよ、山賊ども」

八郎兵衛は踵《きびす》をかえした。

急勾配の隘路《あいろ》には、庚申塔《こうしんとう》や石地蔵が点々とつづいている。

すべての道標《みちしるべ》は姨捨山の古刹《こさつ》、長楽寺《ちょうらくじ》へ繋がっているのだ。

長楽寺にほど近い山毛欅《ぶな》林のなかに、山賊どものねぐらはあった。

五助によれば、馬頭の乾分は数にして三十有余、すべてのものが野武士《のぶせり》のごとく甲冑を身に着け、刀や弓の扱いにも馴れているという。

深更、八郎兵衛は長楽寺の山門をくぐった。

観月の名所でも知られる寺の境内には、捨てられた姨《おば》たちが変化《へんげ》した漆黒の巨石がある。

「姨石か」

岩肌の粗い巨石は朧月《おぼろづき》を戴き、禍々《まがまが》しくも虚空に聳えたっていた。

「俤《おもかげ》や姨ひとり泣く月の友」

八郎兵衛はおもわず、芭蕉《ばしょう》の句を口ずさむ。

境内を吹きぬける風の音は、老婆の噎《むせ》びにも聞こえた。

尋常ならざる妖気《ようき》を感じつつ、庫裏《くり》の戸を敲いてみる。

「たのもう」

すぐに住職本人があらわれ、御本尊の祀られた伽藍《がらん》に招いてくれた。

熱い茶を馳走《ちそう》になると、ようやく気分も落ちついてくる。

住職は涼しげな眸子をほそめ、静かに問うてきた。

「馬頭の輩を退治に向かわれるとか」

「さよう」

「おやめなされ。殺生は一文《もん》の得にもならぬ」

「ご坊。あいにく、わしは仏門の徒ではない。金を貰って人を斬る。それが生業《なりわい》だ」

「人の道に外れた所業じゃ」

「いかにも、わしは外道《げどう》よ」

「どうしてもお行きなさるのか。されば、これを携えておいきなされ」

住職は奉納棚から大数珠を拾い、八郎兵衛の首に引っかけた。

「重いな。ずっしりくる」

「最勝《さいしょう》の百八珠。玉はすべて磨き石じゃよ」

「石か」

なるほど、数珠玉には黒曜石《こくようせき》のような光沢がある。

「姨石を削ったのじゃ。数珠師の五助なるものが罪業を贖《あがな》うべくこれを作り、寺に寄進したのじゃよ」

「五助が」

「お知りあいか。なればなおさら功徳もあろうというもの。この大数珠を肌身離さず携えておられよ」

「かたじけない」

「それから、ひとつご忠告申しあげる」

「聞こう」

「善鬼の目にお気をつけなされ。荒ぶる山神の魂魄《こんぱく》が憑依《ひょうい》しておるゆえ、かの者の眼力にはくれぐれもご注意を」

「あいわかった」

八郎兵衛は礼を述べ、長楽寺をあとにした。

首に掛けた姨石の数珠玉を爪繰《つまぐ》り、ひとつひとつ煩悩を消しながら歩を進める。

それにしても、五助がこのような大数珠を作っていようとはおもわなかった。

これもまた、なにかの因縁であろう。

獣道《けものみち》とも見紛う道をたどり、次第に悪党どもの結界へ近づいていく。

沢沿いの杣道《そまみち》から熊笹《くまざさ》を掻きわけ、八郎兵衛は山毛欅《ぶな》の林へ踏みこんだ。

七

林の彼方《かなた》にみえる炎は、山賊どもの屯《たむろ》する賤ヶ屋《しずがや》の篝火《かがりび》であろうか。

小半刻ほど笹叢《ささむら》に身を潜め、様子を眺めつづけた。

「見張りはひとり」

鉄の頰当てと胴丸を着けた男だ。

篝火の側に座りこみ、さきほどから居眠りをしている。
八郎兵衛は音もなく背後に忍びより、小刀で見張りの喉笛を掻っきった。
破れた脈から血が噴きだし、炎がわずかに揺れる。
蹲《うずくま》ったままの屍骸を残し、丸木の扉を静かに開けた。
むっとする臭気のなかで、獣《けだもの》どもは鼾《いびき》を掻いている。
暗がりに目を凝らせば、槍《やり》や具足が散らばっていた。
善鬼はどこだ。
夜目の利く目で眺めても、それらしき首魁《しゆかい》のすがたはない。
胸の裡《うち》で舌打ちをかまし、八郎兵衛は板間にあがった。
中央に切られた囲炉裏《いろり》から、熾火《おきび》をそっと拾いあげる。
土間に積まれた藁束《わらたば》のうえに抛り、後ろもみずに外へ出た。
炎はあっというまに燃えひろがった。
「うわっ、火事だ」
「逃げろ、早く逃げろ」
小屋のなかは、蜂《はち》の巣をつついたような騒ぎになった。
ひとり目の男が血相を変えて飛びだしてくる。

「ふん」

有無を言わせず、脾腹《ひばら》を裂いた。

「ぐえっ」

間髪を容れず、二人目を袈裟懸《けさが》けに斬りさげる。

悪党どもは何も知らず、つぎつぎに飛びだしてきた。

しかし、そこには血の滴《したた》った刃が待ちかまえている。

「げっ、誰だおめえは」

仰天した男の乳胸を薙《な》ぎ、半裸で転がりでてきた男の素首《そっくび》を落とす。

小屋は赤々と燃え、汗みずくになった八郎兵衛の周囲には屍骸の山が築かれた。

しばらくすると、刃向かってくる者もいなくなった。

白刃に斃《たお》れたか、炎に焼かれたかのいずれかだろう。

外に出ていて難を逃れた連中は遠くから炎をみさだめ、血相を変えて舞いもどってくるにちがいない。

はたして、そのなかに善鬼がまじっているのかどうか。

八郎兵衛は期待しながら待ちつづけた。

薄明、林は深い霧に包まれた。

小屋は黒焦げになり、燻《いぶ》しつくされた屍骸の山は異臭を放っている。
八郎兵衛は笹叢に隠れ、じっと耳をそばだてた。
やがて、何人かの跫音《あしおと》が近づいてきた。
山毛欅林の底には乳色の霧が流れ、人影はみえない。
息遣いを感じた。
ひとり、ふたり、三人……ぜんぶで五人いる。
囲みを狭めながら、慎重に歩を進めてくる。
こちらの存在に気づいているのだ。
それなら、先手を打つまでのこと。
「けえっ」
八郎兵衛は笹叢から躍りだした。
霧を巻きこむように駈け、低い姿勢で白刃を抜きはなつ。
「うぎゃっ」
静寂《しじま》に断末魔が木霊《こだま》した。
「ぎぇええ」
さらに、身も縮むような悲鳴があがる。

一陣の疾風が木立を縫うように奔《はし》り、蠢《うごめ》く影をやつぎばやに斬りすてた。

瞬きのあいだに四人を葬り、八郎兵衛は刀を納める。

あとひとり、最後の獲物は見事に気配を殺していた。

「ぬふふ、どこをみておる。ここじゃ」

振りむけば、深い霧の狭間に人の首が浮かんでいた。

死に首のように蒼白く、赤い口が耳まで裂けている。

「善鬼か」

「うぬは梓屋に雇われた男じゃな。名はたしか、伊坂八郎兵衛というたか」

「横目の狐に聞いたのか」

「はて、忘れてしもうたわい」

「まあよい。おぬしには死んでもらう」

「ふほっ、できるかのう」

善鬼は双眸を瞠《みは》り、ぐっと睨みつけてきた。

瞳には炯々《けいけい》とした光が宿り、目を釘付けにされる。

十間余りも離れているというのに、からだごと吸いこまれてしまいそうだ。

「うっ」

手足が金縛りにあったように動かない。

善鬼の術中に嵌《は》まったのか。

──かの者の眼力にはくれぐれもご注意を。

住職の忠告が白みかけた脳裏に甦ってくる。

「くっ」

死に首が、霧のなかを泳ぐように迫ってきた。

八郎兵衛は棒立ちのまま、眸子だけをぎょろつかせる。

「オンアミリトドハンバウンハッタ」

いかなる鬼神をも避ける馬頭観音の真言を繰りかえし胸につぶやいた。

「死ねや」

霧のなかから太い腕が伸び、屈強な甲冑姿があらわになる。

善鬼は犬歯を剝き、四尺余りの戦場刀を猛然と振りあげた。

「くりゃ……っ」

刃風が唸《うな》り、真上から閃光が落ちてくる。

ずばっと、胸を斬られた。

数珠玉が弾けとぶ。

全身に激痛が走りぬけ、右手がびくんと反応する。

刹那、八郎兵衛は国広を抜いた。

素早く反転し、深く沈みこむ。

「なっ」

善鬼の顔が驚愕《きょうがく》にゆがんだ。

「つおっ」

横薙《よこな》ぎに斬る。

国広の切っ先が、脂肪の詰まった肉を剔《えぐ》りとった。

「ぐふおお」

善鬼は仁王立ちになり、猛獣の雄叫《おたけ》びをあげた。

血走った眼球を瞠り、みずからの下腹を睨みつける。

真一文字に剔られた裂け目から、ぞろぞろと臓物《ぞうもつ》が飛びだしてきた。

「くえええ」

人の皮をかぶった化け物は赤黒い小腸を摑みだし、引きちぎりながら狂ったように吼えつづける。

そして、がくっと両膝を落とし、血溜まりのなかにくずおれていった。

「物狂いめが」

八郎兵衛の傷は深い。

だが、五助の数珠に命だけは救われた。

散らばった数珠玉をさがし、ひとつひとつ拾いあつめる。

すると、死んだはずの善鬼が、むくっと顔を持ちあげた。

不気味な憫笑《びんしょう》を浮かべ、くぐもった声で喋りだす。

「わしを殺っても詮無《せんな》いことじゃ……くく、すぐに精進落としの連中がやってくる。うぬらを始末しになあ」

眸子を剥いたまま、善鬼は逝《い》った。

八郎兵衛は刀を逆《さか》しまに突きたて、ようやくのことで起きあがる。

印籠《いんろう》から解毒に効果のある附子《ぶし》をとりだし、水といっしょに喉へ流しこんだ。さらに、竹の搾り油の塗られた笹の葉を傷口に押しあてたが、強烈な痛みのせいで気を失いかけた。

「……ぬ、ぬぐっ」

どうにか踏みとどまり、露に濡れた道なき道をよろめきながら下っていく。

急がねばならぬという一念だけが、八郎兵衛を衝《つ》きうごかしていた。

八

善光寺の大路へたどりついた途端、烈《はげ》しい雨が降ってきた。

陽光は分厚い黒雲に隠れ、昼夜の判別すらつかない。

八郎兵衛は『結城屋』に飛びこみ、草履も脱がずに二階へ駈けのぼった。

「おきく」

障子を開けると、おきくが驚いたように振りかえる。

「あ、おまえさん」

「無事であったか」

「無事もなにも……おまえさん、怪我をなさったのかい」

「たいしたことはない」

八郎兵衛は、濡れ鼠《ねずみ》の恰好《かっこう》で首を横に振った。

黒橡《くろつるばみ》の着物は斜めに裂け、痛々しい傷口がみえている。

「ひどい傷だよ。手当てをしないと」

「わしにかまうな」

「でも」

「五助とおみよは」

「半刻ほどまえに帰ったよ」

八郎兵衛はものも言わず、踵を返した。

「待って、おまえさん」

「おきくよ」

「はい」

「棒鼻の水茶屋で待っておれ」

「えっ」

なんでと言いかけ、おきくは口を噤《つぐ》む。

脳裏に不吉な予感が過《よぎ》ったのだ。

八郎兵衛は旅籠を飛びだし、大門町の露地裏へ向かった。

神経がたかぶっているせいか、少しも痛みを感じない。

五助の家に着いた。

敷居のむこうは薄暗い。

血の臭いがする。

「五助」

掠れた声で呼びかけた。

返事はない。

背中に冷たい汗が流れた。

血塗られた土間に数珠玉が転がっている。

倒れた衣桁のしたに、五助は蹲っていた。

「おい、しっかりせい」

急いで駆けより、息を呑んだ。

盆《ぼん》の窪《くぼ》に、商売道具の舞錐が刺さっている。

引きぬいたところで、血も出てこない。

すでに皮膚は冷たく、硬くなりかけていた。

卵のようにまるくなり、五助はおみよを抱いている。

必死に守ろうとしたのであろうが、孫娘のからだもすでに冷たかった。

「うう……くそ」

八郎兵衛は髪を搔きむしり、奥歯が磨《す》りへるほど嚙みしめた。

と、そのとき。

奥の暗がりから、人影が躍りだしてきた。
「とあっ」
突きがくる。
咄嗟《とっさ》に躱し、国広を鞘走らせた。
抜き際の一撃で、相手の双腕を落とす。
「ぎゃっ」
無精髭の浪人者が両肘から血をほとばしらせ、頭から土間へ転げおちた。
待ちぶせか。
いくつもの気配が、家をとりまいている。
善鬼がいまわの際《きわ》で吐いたとおり、精進落としの連中があらわれたのだ。
八郎兵衛は刀を納め、滝落としの雨のなかへ飛びだした。
——ちりりん、ちりりん。
露地裏に巡礼の鈴が鳴っている。
菅笠をかぶった白装束の巡礼たちが、念仏を唱えながら近づいてきた。
あきらかに、殺気を帯びた一団だ。
八郎兵衛は屋内へ取ってかえし、勝手口から裏手へ駈けぬけた。

が、そこにも、白装束の集団は待ちかまえている。

「ふふ、逃げられやしねえぜ」

念仏が歇《や》み、巡礼のひとりが菅笠の内から喋りかけてきた。

「ここは地獄の一丁目。おめえはもう逃げられやしねえ」

「霞の丑松か」

「んなわきゃねえだろう。始末するのはたかが野良犬一匹。おかしらがわざわざ出張《でば》ってくるまでもねえ」

「おぬしは」

「むささびの玄蔵《げんぞう》。おかしらの右腕さ」

玄蔵は丑松に仕える四天王のひとりだ。

身軽さを売り物にする屋根破りの名人と、おきくに聞いたことがある。

「おれはな、鏑《かぶら》の三五郎みてえなへまはしねえ。おきくみてえな莫迦でもねえぜ。へへ、おかしらはおめえの素首に賞金をつけた。百両から一気に三百両まで跳ねあがっちまってなあ。ここにいる連中にとってみりゃ、おめえは山吹色にみえるだろうぜ」

「なぜ、五助を殺った」

「天下の霞小僧を嵌めようとしたからよ。ま、おめえが殺ったようなもんだ」

「なにっ」

「だってそうだろうよ。おめえが善光寺なんぞへあらわれなきゃ、五助も孫娘も死なずに済んだんだぜ……ふへへ、口惜しいか。熱くなったら自慢の太刀《たち》捌《さば》きも鈍っちまうんじゃねえのか。え、南町の旦那よう。もっとも、おめえは手負いの虎だ。ちっとも恐《こわ》かねえや」

玄蔵は黙り、さっと右手をあげる。

「余計な喋りは仕舞《しめ》えだ。野郎ども、殺っちまえ」

「おうっ」

菅笠が一斉に宙へ飛び、餓えた狼《おおかみ》どもが襲いかかってくる。

八郎兵衛は脇目も振らず、玄蔵めがけて駈けだした。

左右から突きだされる刃を躱し、雨粒を弾きながら疾駆する。

玄蔵の顔が凍りついたやにみえた。

――獲《と》った。

と胸中に叫び、国広を抜刀する。

「すりゃあ……っ」

下段から斜《はす》に薙ぎあげるや、玄蔵はふわっと二間余りも跳躍してみせた。

国広が虚空を斬った瞬間、からだじゅうに激痛が走る。

間髪入れず、無数の刃が殺到してきた。

屋根のうえから、玄蔵の高笑いが響いてくる。

「ついに、おめえの寿命も尽きたなあ」

「死ぬのはてめえらだ」

「へへ、どうだか」

「束にまとめて地獄へおくってやる」

八郎兵衛は独楽《こま》のように回転し、白刃を払いのけた。

そして、斬る。

修羅のごとく、斬りまくる。

血飛沫《ちしぶき》と断末魔が交錯し、肉片や臓物や有象無象《うぞうむぞう》が飛びちった。

ここは裏長屋の一角だ。

住人たちは雨戸を閉め、息を潜めて節穴からみつめている。

「けえ……っ」

ずぶ濡れの八郎兵衛は総髪を逆立て、一心不乱に闘いつづけた。

返り血を浴びて血達磨になった凄絶なすがたを、住人たちは目に焼きつけたことだろう。

「手負いの虎ほど厄介なものはねえな」

八郎兵衛の強靱《きょうじん》さをみせつけられ、玄蔵の目つきが変わってきた。

だが、屋根のうえにいるかぎり手は出せまいと高をくくっている。

「甘いわ、やっ」

八郎兵衛は石の数珠玉をとりだし、屋根に向かって投げつけた。

——がしっ。

数珠玉が悪党の眉間をとらえる。

「うっ」

玄蔵のからだがよろめいた瞬間、八郎兵衛は太い柱をぶった斬った。

——どどど。

屋根が崩れおちてくる。

玄蔵はなかば気を失いながらも、猫のような身軽さで地におり、はっとばかりに跳躍しかけた。

間に合わない。

八郎兵衛が迫っていた。

「あれっ」
玄蔵の足許に、冷たい風が走りぬける。
「ひぇっ」
どさっと、地べたに転がった。
玄蔵は両膝を輪斬りにされている。
夥《おびただ》しい血を流しながらも、芋虫《いもむし》のように這いずった。
痛みよりも、恐怖のほうがさきにたっている。
血の滴る刀を提げた八郎兵衛のすがたが、地獄の獄卒《ごくそつ》にみえたのだ。
「覚悟せい」
とどめを刺すまでもなく、玄蔵の悲鳴は途切れた。
気づいてみれば、白装束の屍骸が山のように折りかさなっている。
生きのこった連中は、這々の体で逃げていった。
三百両の賞金首よりも、おのれの首のほうがだいじなのだ。
精進落としの酒盛りも、とうぶんはおあずけになるだろう。
八郎兵衛は天に向かって口を開け、雨粒をごくごく呑んだ。
どれだけ呑んでも、喉の渇きは癒されない。

いったい、何人の相手を斬れば気が済むのか。

善男善女の集う祈りの土地を、どれだけの血で穢《けが》せば気が済むのか。

わからぬ。

八郎兵衛は憑《つ》かれたように、数珠玉を拾いはじめた。

――数珠玉はぜんぶで百八個、こいつは煩悩の数でさあ。数珠玉にゃ仏が宿っていなさる。ひと粒ひと粒爪繰るたびに、これまでの罪業が消えていくんでさあ。

五助のことばが、繰りかえし耳に甦ってきた。

ばらばらになった数珠玉を拾いあつめても、今となっては繋ぎあわせる術もない。

わかってはいても、八郎兵衛はやめられなかった。

袖口が破れるほど数珠玉を詰め、それでもまだ拾いつづける。

それが数珠玉ではなく、ただの小石であることにも気づかずに、雨に打たれながらひたすら拾いつづけた。

九

戸板に乗せられ、屍骸となって捨てられる夢をみた。

「……おまえさん、おまえさん」

　誰かが、必死に呼びかけてくる。

「うわっ」

　八郎兵衛は、褥《しとね》のうえに半身を起こした。

　夜着にくるまったおきくが、心配そうに覗きこんでいる。

「おまえさん、平気かい」

「ん、ああ」

「ずいぶんと魘《うな》されていたよ」

「そうか」

「傷のせいだね。冷やしたげる」

　おきくは冷水に浸けた手拭いを絞り、胸の傷口に押しあてた。

「うっ」

「痛むかい」

「いや」

　痛まぬわけはないが、痩せ我慢をした。

　朧気《おぼろげ》な記憶が、徐々に甦ってくる。

死闘から三日経《た》ち、ふたりは難所の猿ヶ馬場峠を越えて麻績《おみ》宿までやってきた。

麻績は善光寺平と松本平を結ぶ峠の宿、街道筋には旅籠が何軒かならんでいる。

「ここは麻績の旅籠か」

「そうだよ、忘れちまったのかい。離室だから他人様に気兼ねはいらないよ」

「わしは、むささびの玄蔵なるものを斬ったぞ」

「知っているよ。玄蔵は丑松に可愛がられていた男さ」

「それなら、丑松の恨みも深くなったな」

「もう引きかえすことはできない。おまえさんとふたり、修羅道中をひた走るんだ。

うふふ、江戸へ道行きさ」

道行きのはてに、希望はあるのだろうか。

濁った頭で考えても、苦境を切りぬける良い思案は浮かんでこない。

「ともかく、いまは傷を治さなきゃ。金瘡医《きんそうい》も安静がいちばんだって」

「なに、ここに金瘡医を呼んだのか」

「いけなかったかい」

八郎兵衛は起きあがり、着物を身につけはじめた。

「おきく、道中仕度をしろ」

「え、どうして」

「役人が宿改《やどあらた》めにくるぞ」

三日前の死闘は、長屋の連中にみられている。

あれだけの屍骸の山を築いた張本人を、役人が捨てておくはずはない。

すでに人相書きが配られているかもしれず、金瘡医の口から怪しい者がいると告げ口されていないともかぎらない。

勘の良いおきくはあれこれ詮索《せんさく》もせず、八郎兵衛の指示にしたがった。

案の定、仕度を終えて部屋を出ようとするや、旅籠の入口が物々しい空気に包まれた。

ふたりは目配せを交わして二階から屋根づたいに逃げ、裏手の小路に飛びおりた。

そして、夜の峠越えを余儀なくされたのである。

つぎの刈谷原《かりやはら》宿までは五里余り、筑摩《ちくま》山地の急峻な峠がふたりの行く手を阻んでいた。それでも、道々に点々とする男女一対の双体道祖神にみちびかれ、ふたりで力を合わせれば難所も苦にはならない。

空には眠ったような月が浮かび、足許をわずかに照らしてくれる。

ふたりは黙々と歩きつづけ、峠の裾にようやく棚田をみつけた。

「ここまでくれば、もうだいじょうぶ」

おきくが足を止め、にっこり笑いかけてくる。

八郎兵衛も笑いながらうなずいた。

「今宵《こよい》は野宿だ。おきくよ、裸になって暖めあうか」

「いやだよ、おまえさんたら」

棚田一枚一枚の水面《みのも》に映るのは田毎《たごと》の月。

八郎兵衛の優しい気持ちに触れ、おきくは満面の笑みを浮かべてみせた。

「刈谷原から仇坂《あださか》を越えれば松本だよ」

「松本か。はじめての土地だな」

女鳥羽《めとば》川に抱《いだ》かれる城下の町並みは、それは美しいと聞いていた。

「楽しみだねえ」

「ああ」

八郎兵衛は、五層六階の天守をもつ漆黒の松本城を想起した。

水の豊富な松本城下の賑わいを、人伝《ひとづて》に聞いたことがあったのだ。

おきくは用足しがしたくなったといい、笹藪《ささやぶ》のなかへ消えていった。

しばらく経っても、いっこうに戻ってこない。

八郎兵衛は胸騒ぎを感じ、笹藪のほうへ足を向けた。

と、そのとき。

予想だにしない男の影があらわれた。

「おぬし……狐か」

狐顔の小役人、橋爪左内である。

「莫迦め、わしが尾《つ》けておったのに気づかぬとはな」

「おきくはどうした」

「生きておるわさ」

橋爪は踵《きびす》をかえし、荒縄で縛ったおきくを引きずってきた。

捕吏《ほり》の影はほかにない。

おきくは当て身を食わされ、ぐったりしている。

「くく、わしの狙いは伊坂八郎兵衛の首よ。なにせ、三百両の値打ちがついた賞金首ゆえのう」

「おきくを放してやれ」

「尋常な勝負をしろってか。わしはそれほどお人好しではない。女を助けたくば、腰の大小を捨てろ」

おきくは覚醒《かくせい》し、烈しく抗《あらが》いはじめた。

「おまえさん、だめだよ。こんなやつのいうことを聞いたら」

「うるせえ」

ばちっと頰を叩かれ、おきくは鼻血を飛ばす。

「おきく」

八郎兵衛が一歩踏みだすと、橋爪はおきくの喉に白刃をあてがった。

「おっと、一歩でも近づいてみろ。女の命はねえぞ……ふふ、そうだ。手っとり早く刀を抛れ」

「くく、くひひ」

突如、おきくが狂ったように笑いだした。

「あんたも莫迦だねえ。伊坂八郎兵衛ってのはただの用心棒だよ。あたしみたいな行きずりの女のために、命を捨てるはずがないじゃないか」

「どうかな」

橋爪は自信ありげに笑った。

「女ひとりを救えぬようでは男の一分《いちぶん》が立たぬ。そう考えるのが男の弱さよ。ふっ、悲しいことにな。強い男であればあるほど、そうしたものなのだ」

なかなかに読みが深い。

狐も狐なりに策を練ったすえ、賭けに出たのだ。

八郎兵衛は大小を鞘ごと抜き、足許へ抛りなげた。

「ほらな、外道にも一分《いちぶ》の情けはある」

橋爪のことばを無視し、おきくは涙目で訴えかけてきた。

「悪党の情婦を助けようだなんて。おまえさんは大莫迦者だよ」

「女の言うとおり、存外、おぬしは間抜けだな」

橋爪は発するが早いか、おきくの喉笛を掻っきった。

「ひぇ……っ」

「……お、おきく」

駈けよる八郎兵衛の顔に、血飛沫が噴きかかってくる。

橋爪は血の滴る刀を青眼に構え、突きを繰りだしてきた。

「ぬおっ」

八郎兵衛は手刀で弾き、相手の懐中へ飛びこむ。

橋爪の喉首を鷲《わし》摑み、片腕で宙へ持ちあげた。

「ぬぐ……ぬぐぐ」

恐怖に引きつった橋爪の顔が真っ赤になる。

「南無……」

八郎兵衛は指に力を込めた。

「……地獄へ逝《い》け」

胡桃《くるみ》を潰《つぶ》す要領で、ぐしゃっと喉仏を潰す。

八郎兵衛はうなだれた屍骸を抛り、顧みようともしない。

血を流すおきくのもとへ駈けより、傷口の手当てをおこなった。

傷は深い。

噴きだす血を止めるのさえ、容易ではない。

だが、まだ息はある。

どうにか止血し、前髪を掻きわけると、蒼白《そうはく》な顔が月影に浮かびあがった。

「おい、しっかりせい」

八郎兵衛はおきくを背に担ぎ、峠の道を歩きはじめた。

やがて月は群雲《むらくも》に隠れ、頬に冷たいものが落ちてくる。

「雨か」

おきくの濡れ髪が頬に貼りついてきた。

足がおもうように前へ進まない。

――ふおおお。

山狗《やまいぬ》の遠吠《とおぼ》えが聞こえてきた。

おきくの流した血の臭いを嗅ぎつけたのだ。

「おまえさん、ほら」

ふと、おきくに囁かれたような気がして、八郎兵衛は足を止めた。

卯月《うづき》だというのに、峠の道には山桜が咲いている。

闇にひらめく蝶《ちょう》のごとく、誘うように揺れていた。

まるで、生死の狭間にさまよう者の魂を、常世《とこよ》へ導こうとするかのようだ。

おきくのからだが、妙に軽く感じられる。

「死んではならぬ。おきくよ、ともに江戸へまいるのだ」

八郎兵衛は重い足を引きずりながら、必死に叫びつづけた。

上州荒船左道《さどう》の族《うから》

一

水無月《みなづき》、小暑《しょうしょ》。

中山道は八幡《やわた》宿から千曲川を渡り、軽井沢の碓氷峠《うすいとうげ》を越えれば、高崎、本庄《ほんじょう》へと達する。ところが、洪水などで千曲川に架かる塩名田《しおなだ》橋が不通になると、江戸をめざす旅人は八幡と本庄を結ぶ南の脇《わき》街道へ抜けていく。

これが富岡下仁田《とみおかしもにた》街道である。

街道は難所の内山《うちやま》峠を越え、信州から西上州にはいる。

西上州における物流の中心地は下仁田の本宿、宿場町の賑《にぎ》わいをみせる往還には、信州の足袋《たび》や手拭《てぬぐ》い、木曾《きそ》の木工品などの市が立つ。一方、信州へは上州特産の生糸や絹、煙草《たばこ》や蒟蒻《こんにゃく》などが売られ、周辺諸村のたいせつな収入源となっていた。

一徹者として知られる研師《とぎし》茂平《もへい》の家は、喧噪《けんそう》を逃れた露地裏の一角にあった。

研師の家は光の変化を嫌い、北向きに配されている。

ために日中でも薄暗く、研盥《とぎだらい》のならぶ舟底の床はつねに湿っていた。

風通しもわるく、夏場は蒸し風呂のようだ。

にもかかわらず、胡麻塩《ごましお》頭の茂平は汗ひとつ掻かず、敷居のうえで仕上げの刀身磨きに没頭していた。

「親爺《おやじ》さま、湯治のお侍はどうなされたのでしょう」

弟子の勘助《かんすけ》が仕事の手を止め、木鼠《きねずみ》のような顔を持ちあげた。

「親爺さま」

「うるさい、気が散るであろうが」

「すみません」

「勘助よ、あの浪人者がそれほど気になるのか」

「はい。七日前にふらりとあらわれて刀をお預けになり、それっきり……お連れの奥方さまと湯治に向かうと仰《おっしゃ》ったまま、音沙汰《おとさた》もありません」

「心配か」

「はい。なにしろ、お刀は堀川国広の名刀、十年にいちどお目に掛かることができるかどうかのお品です」

勘助は溜息《ためいき》を吐き、茂平の側に置かれた刀架けをみた。

ひと振りの大刀が架けられ、妖《あや》しげな気を放っている。

堅牢《けんろう》な柳生《やぎゅう》拵《ごしら》えの黒鞘《くろざや》に納まっているのは、刃長二尺四寸の剛刀であった。

「地肌は梨子地《なしじ》、刃文は互《ぐ》の目じゃ。反りは深からず身幅は広く、重ねは厚い。さよう、青雲のごとき匂《におい》を目にしたときは、わしも生唾《なまつば》を呑《の》んだわ」

「さして刃こぼれもなく」

「そうじゃ。なれど大勢の血を吸っておったわ、研いでも容易に消せぬほどにのう」

一見《いちげん》の仕事は請けぬと決めている茂平であったが、どうしてもこの国広だけは研いでみたい衝動に駆られた。

ゆえに、ふたつ返事で刀を預かった。

ところが、丸二日のあいだ一睡もせず仕上げてみせたのに、肝心の持ち主はあらわれない。悪党に刀を盗まれでもしまいかと心配でたまらず、夜もおちおち眠れない日々がつづいていた。

住みこみで働く勘助も茂平のからだを気遣い、持ち主の再来を待ちわびている。

空は黒雲に覆われ、ごろごろと雷まで鳴りはじめた。

「親爺さま、お山が怒っておられます」

「そのようじゃな」

ふたりは窓外へ不安げな眼差しをおくった。

信州との国境に聳《そび》える荒船山《あらふねやま》は、土地の者たちから篤《あつ》い信仰をあつめる霊山にほかならない。

麓《ふもと》の砥沢《とざわ》村は良質な砥石《といし》を産する幕府の天領で、砥石に関わる運上金《うんじょうきん》は莫大《ばくだい》な金額にのぼる。御用砥の荷継宿《につぎ》が置かれた富岡などには砥蔵屋敷が建ちならび、砥石の採掘権は金銀坑と同等の値打ちを持つともいわれていた。

砥沢村と接する本宿には研師が多い。

とりわけ、茂平は技倆《ぎりょう》に秀でた職人だった。

勘助は窓から荒船山を遠望し、どことなく薄幸な感じのする美しい女の顔を頭に浮かべていた。

「親爺さま。あの奥方さまはおからだを患《わずら》っておられるのでしょうか」

茂平は磨きの手を休めず、ひとりごとのように漏らす。

「可哀相に、声を失っておいでなのじゃ」

「えっ」

「気づかなんだか、ふたりは手話ではなしておったぞ……それに、奥方さまは首に絹を巻いておったであろうが」

「芳香のする」

「さよう、あれは麝香《じゃこう》じゃ」

勘助の胸がざわめきだす。

美しい女は喉《のど》の傷を隠すために、麝香のたきこまれた絹を巻いていたのだ。

「わしらには想像もつかぬ事情があるのじゃろうて」

茂平は溜息混じりに吐いてみせる。

ざあっと、白い夕立が降ってきた。

ふと、間口に人の気配が立ち、ずぶ濡れの大男がのっそりあらわれた。

「あ、お武家さま」

勘助の瞳に映ったのは、無精髭を伸ばした伊坂八郎兵衛だ。

茂平は黙って腰をあげ、刀架けからうやうやしく堀川国広を拾いあげた。

「おいでなされませ。これにお品が」

「ふむ、できたか」

八郎兵衛は国広を鞘走らせ、刀身を嘗《な》めるように目で追った。

そして満足げにうなずくや、見事な手捌《てさば》きで黒鞘に納める。

「手間賃はいかほどかな」

「一朱で」

「安いな。相場の一割にも満たぬ」

「よい仕事をさせていただきました」

「ほう、九割はおぬしの真心ということか」

「そんなだいそれたものでは……じつを申せば、孫のおちよが七つになります」

「それはめでたい」

「他人様にわずかでも良いことをなせば、山神もお喜びになられますもので」

「山神とは荒船山の」

「はい。山神のお怒りに触れますれば、孫を攫《さら》われてしまいかねません」

「神隠しか」

迷信にすぎぬと言いかけ、八郎兵衛はことばを呑みこんだ。

年季の入った研師の顔が、真剣そのものだからだ。

「ま、安価に越したことはない。恩に着るぞ」

八郎兵衛は一朱金をとりだし、茂平に手渡した。

「よろしければお茶でも。あいにくの山賊雨《さんぞくあめ》にござります」

「いや、そうもしておられぬ。ところで、山賊雨とは」

「にわか雨のことを、上州ではかように申します」

「なるほど」

「これにある唐傘《からかさ》をおもちくだされ」

「いや結構。山賊雨ならばすぐに熄《や》むであろう」

「されば、これがあなたさまにとって、旱天《かんてん》の慈雨《じう》になればとお祈り申しあげます」

「ふん、旱天の慈雨か」

余計な詮索《せんさく》をするなとでも言わんばかりに、八郎兵衛は茂平を睨《にら》みつけた。

が、すぐに頬《ほお》を弛《ゆる》め、軽く点頭する。

「親爺さん、ありがとうよ」

雨に濡れた大きな背中を追いかけ、勘助が飛びだしてきた。

「あの」

八郎兵衛は呼びとめられ、仁王のような顔で振りむく。

「なんじゃ」

「あの……これを」

「ん」

「万病に効く熊胆《ゆうたん》にござります。これを奥方さまに」

「なにゆえ、わしらのようなものに気を遣う」

「他人様の難儀を見過ごしてはならぬと、母に教わりました」

「難儀をしておるようにみえるか」

「はい、失礼ながら」

うらぶれた扮装《いでたち》もさることながら、八郎兵衛の面相には暗い蔭《かげ》が射《さ》している。

「母御は息災でおられるのか」

「三月《みつき》前、黄泉《よみ》に旅立ってござります」

勘助が居ても立ってもいられなくなったのは、寝枕《ねまくら》で母親に囁《ささや》かれたからにほかならない。

「すまぬ。余計なことを訊いたな」

八郎兵衛は寂しげに微笑《ほほえ》み、勘助から熊胆を貰《もら》いうけた。

「どうか、ご無事で」

勘助は事情もわからぬまま、遠ざかる背中に両手を合わせた。

白雨の彼方《かなた》には、荒船山が聳えている。

雨は小降りになり、雲間には青空がのぞいていた。

二

広々とした岩風呂《いわぶろ》から夜空を仰げば、望月《もちづき》が皓々《こうこう》と輝いている。

荒船の湯は金瘡《きんそう》や関節痛などに効能があり、旅人にもよく知られていた。

濛々《もうもう》と立ちのぼる湯煙の向こうに、仲睦《なかむつ》まじく寄りそう男女の影がある。

男は女の肩に優しく触れ、丹念に背中を流してやっていた。

武家の夫婦にもみえるが、男の労《いたわ》りようは尋常でない。

八郎兵衛とおきくであった。

刺青《いれずみ》を彫った三人の男たちが岩風呂に浸《つ》かり、おきくの白い肌をちらちら眺めては江戸の噂《うわさ》を口にしている。

「江戸の大店《おおだな》が押しこみにあったそうな」

「聞いたぞ。やられたのは深川佐賀町の油問屋、『丁字屋《ちょうじや》』というたか」

「看板をおろした縹屋《はなだや》の商売敵《がたき》よ」

「盗まれた金は三千両にものぼるとか。ひょっとして霞《かすみ》小僧の仕業《しわざ》か」

「ふむ、しばらく鳴りをひそめておったからのう」

「霞小僧といやあ、四天王のふたりまでが殺《や》られたらしい」

「誰《だれ》に聞いた」

「なあに、蛇《じゃ》の道は蛇《へび》よ。一味の下っ端に知りあいがおってな」

「ふうん」

「殺られたのは鏑《かぶら》の三五郎にむささびの玄蔵、殺ったのは凄腕《すごうで》の浪人者さ」

「やけに詳しいじゃねえか」

「なんだって知っているぜ。浪人者の首にゃ三百両の賞金が懸かっているんだ」

「ほへえ、三百両かい」

「賞金の出所《でどころ》は丑松《うしまつ》よ。誰であろうと、殺ったものにゃ賞金が出る」

「おれたちでもかい」

「ああ、丑松は芸者あがりの情婦《おんな》に裏切られたらしい。へへ、賞金首の野郎は情婦に懸想《けそう》してな、底なしの泥沼へ足を突っこんだってわけさ。今も女を連れて逃げまわっているはずだぜ。霞の連中は血眼《ちまなこ》になって捜してらあ」

「ふふ、そいつはおもしれえ」

「霞小僧にたてつくたあ、とんでもねえ阿呆《あほう》もいるもんだ」

「まったくだな」

男どもは、ふっと口を噤《つぐ》んだ。

八郎兵衛とおきくが湯舟にはいってきたのだ。

よせばいいのに、男のひとりが軽口を叩いた。

「夫婦水入らずの湯治ですかい。羨《うらや》ましいこった」

無視された途端、男どもの目つきが変わった。

「別嬪《べっぴん》な奥方さまじゃねえか。なあ、どこから来なすったんだい」

「けへへ、こたえていただけねえらしいぜ。そんなら、おれらの素姓を教えてやろうか。本宿を仕切る万蔵《まんぞう》一家のもんだ。三人とも兇状《きょうじょう》持ちだぜ。上州の任俠《やくざ》を嘗めちゃいけねえよ」

八郎兵衛がざばっと立ちあがると、半端者どもは驚いて仰《の》けぞった。

いちど火の点《つ》いた欲情を鎮めるのは容易なことではない。

あの女を輪姦《まわ》してやろうぜと、破落戸《ごろつき》どもは暗黙のうちに囁きあっていた。

からだはでかくとも、強い男かどうかはわからない。しかも、相手はたったひとりだ。侍といえども丸腰ならば恐くはなかろうと、高をくっている。

「おっと待ちねえ。はなしはまだ終わっちゃいねえぜ」

と、ひとりが怒声を発した。

八郎兵衛とおきくは動揺の色もみせず、岩風呂からあがりかける。

「この野郎、しかとしやがって」

どこに隠しもっていたのか、破落戸のひとりが匕首《あいくち》を閃《ひらめ》かせた。

「そりゃっ」

無謀にも湯水を漕《こ》ぎ、刃《やいば》をうえにして突きかかる。

やにわに、八郎兵衛の廻《まわ》し蹴《げ》りが飛んだ。

「ほげっ」

男は頬骨を砕かれ、湯面に水飛沫《みずしぶき》を撥《は》ねあげる。

「……こ、この野郎」

残ったふたりは叫びつつも、睾丸を縮みあがらせていた。

八郎兵衛が睨みを利かせるや、尻《しり》をみせて一目散に逃げだす。

「莫迦《ばか》者どもめ」

不安げなおきくに向かい、八郎兵衛はにっと笑いかけた。

「気にいたすな」

ふたりは寄りそうように、湯煙の向こうへ消えていく。

中庭に面した離室《はなれ》にもどると、膳の仕度ができていた。

川魚の塩焼きにくわえ、山菜などが並んでいる。

おきくに酌をさせ、八郎兵衛はくっと冷酒を干した。

「美味《うま》いな、おぬしもどうだ……ん、さようか、ためしてみるか」

八郎兵衛は嬉《うれ》しそうに銚子《ちょうし》を摘《つま》み、盃《さかずき》になみなみと注《つ》いでやる。

息を詰めてみまもると、おきくは盃の表面に朱唇をつけた。

「なにも怖がることはない。酒は百薬の長というからな。ひと息に干してみよ。深川で鳴らしたときのように」

おきくは命じられたとおり、盃をひょいとかたむけた。

晒された白い喉には、まだ生々しい傷痕《きずあと》がみえる。

喉がこくんと鳴り、おきくは満足げにぷうっと息を吐いた。

「ほうら、美味かろう。よし、今夜はそれくらいにしておけ」

八郎兵衛は手酌でたてつづけに盃を干し、おきくは箸《はし》をとって料理をつつきはじめる。

塗りの櫃《ひつ》に盛られた米は信州の佐久《さく》米だ。

西上州は山間なので水田に恵まれず、米は佐久米に頼らざるを得ない。

本宿は砥石の輸送起点であると同時に、佐久米の集積地としても知られていた。

おきくはつみれ団子の甘酢あんかけを口にし、にんまりと幸福そうに微笑んでみせる。

「ふふ、江戸の女は甘酢に目がない。おぬしもその口だな」

おきくは長い睫毛《まつげ》を瞬《しばた》いて応じ、唐突に悲しげな顔をつくった。

大粒の涙が零《こぼ》れおち、箸を濡らす。

「どうした……なぜ泣く」

おきくは喋《しゃべ》ることができない。

だが、目顔で訴えかけてくる。

あんまり幸せすぎるものだから怺《こら》えきれずに泣けてくるのだと、必死に訴えかけているのだ。

おきくは一命をとりとめ、それと引きかえに声を失った。

声を失ったおかげで、八郎兵衛は慈しんでくれる。

喉の傷に感謝しなければならないとおもっているのだ。

おきくにどうおもわれようが、八郎兵衛はいっこうに負担を感じなくなった。

女など重荷にすぎぬと考えてきた男が、自分でも不思議なほど素直な気持ちで旅を楽しんでいる。

無論、霞の丑松を始末することが最大の目途であることに変わりはない。

そのために中山道の脇街道をたどり、江戸へ向かおうとしている。

荒船山をのぞむ本宿界隈《かいわい》に霞の一味が逃げのびてきたとの噂を聞きつけ、この地へわざわざ留《とど》まっているのだ。

「岩風呂で遭った地廻りも、一味の足取りまでは把握しておらぬらしいな。よほど巧みに隠れておるのか、それともただの噂なのか。ともかく、しばらくは留まり、丑松に繋《つな》がる糸を探るしかあるまい」

八郎兵衛も、江戸深川の油問屋が押しこみにあった一件は知っていた。丁字屋夫婦は無論のこと、使用人の女子供までみなごろしにする陰惨な手口は、霞小僧以外には考えられない。油問屋を狙ったのも、丑松自身が内情に詳しかったからだろう。

この件には後日談がある。

凶事から三日後、一味の下っ端が捕縛された。

下っ端は拷問蔵で凄惨《せいさん》な責めを受け、一味の隠れ家をいくつか吐いた。

押っ取り刀で捕方《とりかた》が向かったものの、隠れ家はすべて蛻《もぬけ》の殻《から》で、すでに霞の一味は江戸を逃れて全国に散らばったあとだった。縄を打たれた下っ端は市中引きまわしのうえ獄門となったが、町奉行所はまたもや鼻をあかされることとなった。

そうしたなか、丑松配下の四天王にも数えられる男がひとり、西上州へ潜んでいるとの噂を聞きつけ、八郎兵衛は荒船山の麓まで足を延ばしたのである。

「男は海坊主鯨俊《げいしゅん》、奈良出身の破戒坊主だったな」

おきくは細い眉《まゆ》を寄せ、こっくりうなずいた。

背中に夜叉《やしゃ》の刺青を彫っているという。

腕っぷしの強さは一味で右に出る者がなく、管槍《くだやり》の名手でもあった。

年端《としは》もいかぬ娘を手込めにする悪癖があるというから、尋常な神経の持ち主ではない。できれば、そんな輩《やから》とは闘わずに自分と地の涯てまで逃げてはくれまいかと、おきくは懇願する。

しかし、それが詮無い願いであることはわかっていた。

ふたりを繋ぐものは、憎むべき丑松自身なのだ。

皮肉なことに、日の本一と称される悪党がどこかで生きながらえていればこそ、八郎兵衛とおきくはともに旅をつづけられる。

「蒸し暑い夜になりそうだ。明日は早朝から蓮見《はすみ》舟でも仕立てるか」

八郎兵衛は団扇《うちわ》をあおぎ、中庭の石灯籠《いしどうろう》に目をやった。

灯火に近づいた蛾《が》が羽を焦がし、ひとたまりもなく燃えおちる。

おきくは蚊帳《かや》を吊《つ》り、褥《しとね》の仕度を済ませていた。

臑《すね》に止まった蚊を叩き、八郎兵衛は腰をあげる。

おきくは愛くるしい顔をかたむけ、蚊帳の内へ誘いかけてきた。

月影の射す薄縁《うすべり》には、夕顔の描かれた団扇が捨てられている。

耳に聞こえてくるのは、蛾の燃えおちる音とおきくの苦しげな息遣いだけだ。

三

おきくとのんびり月を愛《め》でた翌日、本宿で幼い娘が神隠しに遭ったという噂を聞きつけ、八郎兵衛は胸騒ぎをおぼえた。

往還に人影が長く伸びるころ、宿場へ足を向けてみると、予感していたとおり、攫われた娘は研師茂平の孫おちよであった。

茂平の家の油障子は固く閉じられ、禁忌《きんき》の貼り紙まで貼られている。

災難が降りかかるのを懼《おそ》れ、神隠しに遭った家には誰ひとり寄りつこうとしない。

そうした習慣があるのだ。

子を盗《と》られた母親らしき女の嗚咽《おえつ》が、内から漏れきこえてくる。

八郎兵衛はためらいながらも、油障子を引きあけた。

「ごめん、はいるぞ」

目を真っ赤にした女の側に、うなだれた勘助が座っている。

「あ、お武家さま」

「良からぬ噂を聞いたのでな、親爺さんはどうした」

「おちよ坊をさがしに……でも、いったいどこへいったのやら、昨晩から行方知れずで」

「そいつは困ったな」

「七つになった娘は、十五夜の晩に攫われるのです」

「誰に攫われるというのだ」

「山神にきまっております」

「莫迦な」

「先月も先々月も、七つの娘が攫われました」

「なるほど」

茂平が山神を必要以上に懼れていたのもうなずける。

「役人はどうした。動かぬのか」

「神隠しなれば致し方あるまい。あきらめよと仰《おお》せになります」

勘助の説明を聞き、隣の女が泣きくずれた。

「おちよ坊のおっかさんか」

「はい、おきみさんです」

茂平の実子はすでに他界し、おきみは嫁だった。病弱なからだで旅籠《はたご》の賄《まかな》いをやっている。

「おきみとやら、悲しむのはまだ早いぞ。娘が攫われたときの様子をはなしてみろ」

「は、はい」

母娘《おやこ》は義父の茂平と同居せず、旅籠にほど近い裏長屋に住んでいた。

昨晩は茂平に月見をしようと誘われ、暮れ六つの鐘を聞くとすぐに旅籠から長屋へもどった。ふたりで茂平の家へ向かう途中、ちょっと目を離した隙《すき》におちよは消えてしまったのだ。

「辻《つじ》に虫売りがやってきたもので、おちよは駈けていったのです……そ、そのとき背中をみたのが最後でした……う、うう」

「薄暗い辻に虫売りか。妙だな」

「その虫売りなら、たぶん弥太郎《やたろう》です」

と、勘助が口を挟む。

宿場を牛耳《ぎゆうじ》る万蔵一家の息がかかった男だ。

おとなしい男なので、子供相手に虫でも売らしておけということになったらしい。

八郎兵衛は勘助をともない、万蔵一家を訪ねてみることにした。

本陣とも見紛《みまが》うほどの豪華な屋敷は、問屋場《といやば》のすぐ近くにある。

「お侍さま、万蔵は評判のよくない男です。砥石奉行の沢村銑十郎《さわむらせんじゆうろう》さまから十手を預かっているのを鼻に掛け、弱い者いじめばかりをしております」

「ふうん、砥石奉行のう」

本宿では代官のことを「砥石奉行」と呼ぶ。

悪代官と破落戸一家は、切っても切れない汚れた関わりにあるのだろう。

そうした連中のおかげで宿場の秩序が保たれているという面もなくはない。

いずれにしろ、下手に首を突っこめば火傷《やけど》をするだけのはなしだ。

勘助が二の足を踏んだので、八郎兵衛はひとりで万蔵一家の敷居をまたいだ。

応対に出た若衆頭は色の浅黒い男で、名を簑吉《みのきち》といった。

背後に五人ほど乾分《こぶん》を引きつれ、偉そうな口を利く。

「なんの用だい。用心棒なら間に合ってるぜ」

「虫売りの弥太郎をさがしておる。所在を教えてくれ」

「弥太郎か。ふん、そんなやつもいたっけなあ」

乾分のひとりが「あっ」と叫んだ。

「若頭、この野郎は湯治場で遭った浪人者だぜ」

「兄弟分の頬骨を折った野郎かい」

「まちげえねえ」

「そうと聞いちゃ放《ほ》っておけねえなあ」

簑吉が裾《すそ》を割って身構えると、乾分どもはさっと散った。

「待て。わしは喧嘩《けんか》をやりにきたのではない」

「うるせえ。上州の任侠を嘗めんじゃねえぞ」

乾分どもは匕首を抜き、闇雲《やみくも》に突きかかってきた。

八郎兵衛は泳ぐように躱《かわ》し、上がり框《かまち》に片足を掛ける。

上半身を低く乗りだし、しゅっと白刃を抜いた。

茂平の研いだ国広だ。

眩《まばゆ》いばかりの光芒《こうぼう》が、破落戸どもの双眸《そうぼう》を射抜く。

「うへっ」

国広の切っ先は、簑吉の鼻先でぴたっと静止した。

「弥太郎の所在を教えろ」

「へ、へい」

痩せぎすの簑吉は半泣きになり、股間まで濡らしている。

やわな男だ。

そこへ、恰幅《かっぷく》の良い五十がらみの男があらわれた。

「いってえ何の騒ぎでえ」

乾分どもの月代《さかやき》を平手でぱんぱん叩き、最後に簑吉の脇腹へどんと蹴りを入れる。

「おれは万蔵だ。弥太郎になんの用でえ、お」

田舎芝居の役者よろしく、万蔵は見得《みえ》をきる。

八郎兵衛は掌中《しょうちゅう》で柄《つか》をくるっと回転させ、素早く刀を納めた。

「ほほう、見事な手捌きじゃねえか、なあ」

「用心棒に雇えとは言わぬ。乾分の居場所を訊くだけだ。手間を取らせるな」

「弥太郎は乾分じゃねえよ。切れたら何をしでかすかわからねえ野郎だかんな。弥太郎は荒船山の左道《さどう》と繋がっているのよ」

「左道とは」

「髑髏《どくろ》を本尊に仰ぐ薄気味悪い連中さあ」

左道は密教のはぐれ者、子犬や幼子の髑髏を本尊に奉る者まであると聞く。

人里を避けて山中深く住み、獣じみた暮らしを営んでいるところから、修験道《しゅげんどう》の行者に端を発する忍びの末裔《まつえい》とも目《もく》されていた。

たとえば、信州の山奥に潜む飯綱《いづな》使いなどがそれだ。

「やつらは山猿さ。木の股から股へ飛びうつり、断崖《だんがい》絶壁も易々《やすやす》と登っちまう。蝮《まむし》の頭をちぎっては焼かずに食い、猪《いのしし》の生き血を水代わりに吞む。それが左道の族《うから》よ。触《さわ》らぬ神に祟《たた》り無し、わりいことはいわねえ。弥太郎とは関わりをもたねえこった」

万蔵は厚ぼったい唇《くち》もとに笑みを湛《たた》え、探るように窺《うかが》ってくる。

弥太郎と関わりをもつと、何か都合のわるいことでもあるのだろうか。

そんなふうにもおもったが、ここは知りたいことを質《ただ》すしかない。

「余計な心配は無用だ。問いにこたえろ」

「頑固な野郎だぜ。親切心で忠告してやったのによ」

八郎兵衛は弥太郎の所在を聞きだし、万蔵一家から離れた。

外で待つ勘助に訊いても、左道のことは知らないと言う。

左道の族《うから》はむかしから迫害されつづけ、山奥へ逼塞《ひっそく》せざるをえなかったのだろう。

里人にみずからを山神と信じこませることで、生きながらえてきたのではあるまいかと、八郎兵衛は邪推した。

それならば、同情の余地はある。

だからといって、七つの娘を拐《かどわ》かす卑劣な行為は赦《ゆる》されるものではない。

左道の連中がおちよを拐かしたのだとすれば、族を葬ることに一抹《いちまつ》の躊躇《ちゅうちょ》もみせてはなるまい。

「お武家さま、なにゆえ、おちよ坊を救おうとしてくださるのです」

勘助は涙ながらに尋ねてくる。

問われるまでもなかった。

「他人様の難儀を見過ごしてはならぬと、おぬしの母御も申したであろうが」

八郎兵衛は仏頂面《ぶっちょうづら》で応じ、暮れなずむ往還を弥太郎の住む裏長屋へ向かった。

「うっ」

行く手には凄惨な光景が待ちうけていた。

むっとするような異臭に鼻をつかれ、八郎兵衛は顔を顰《しか》める。

全身の毛穴から、嫌な汗が吹きだしてきた。

どぶ鼠の走りまわる裏長屋の一隅で、弥太郎は胴と首を斬りはなされていた。

商売に使う市松模様の屋台は血で染まり、虫籠《むしかご》から逃げた虫たちが狭苦しい部屋のなかで飛びまわっている。

妖気漂《ただよ》う部屋の暗がりに明滅するのは、蛍《ほたる》火であろうか。

何十四という閻魔《えんま》蟋蟀《こおろぎ》が、毛臑《けずね》にまとわりついてくる。

ささくれだった畳のうえには、かっと目を見開いた弥太郎の生首が転がっていた。

「おえっ、ぐえっ」

勘助は外へ飛びだし、板塀に向かって嘔吐《おうと》する。

突如、部屋全体に凄《すさ》まじい殺気が膨らんだ。

「何者じゃ」

八郎兵衛は唸《うな》りをあげ、国広を抜きはなった。

四

――ぬおおお。

咆哮《ほうこう》とともに、牙を剝いた猪が突進してきた。
いや、猪ではない。
からだじゅう毛むくじゃらの男が犬歯を剝き、猛然と襲いかかってくる。
「うわっ」
八郎兵衛は、咄嗟《とっさ》に刃を薙《な》ぎあげた。
切っ先が肉を剔《えぐ》り、黒い血が飛びちった。
それでも、男は頭上を擦りぬけていく。
まるで、狂暴な大猿だ。
「ふひょう」
八郎兵衛は振りむきざま、水平斬りを繰りだす。
刃は虚空を斬り、男の影は外へ逃れていった。
影は一瞬にして消え、露地裏に旋風が巻きあがる。
「左道か」
まちがいない。
おもっていた以上に手強《てごわ》い相手だ。
八郎兵衛はかっと痰《たん》を吐き、刀を納めた。

勘助は板塀にもたれ、ぶるぶる震えている。
「山神だ……山神の祟りだよう」
「勘助、しっかりせい」
それにしても、なぜ、弥太郎は仲間に殺されねばならなかったのか。
八郎兵衛は血塗《ちまみ》れの部屋へ戻り、有明行灯《ありあけあんどん》に火を入れた。
手拭いで鼻と口を覆い、手懸かりはないものかと探してみる。
灯りに照らされた生首は大口を開け、笑っているかのようだ。
「妙だな」
生首の斬り口をよくみると、死後に薙ぎきられたものだとわかった。
血溜まりのなかには、胴体が横たわっている。
左胸に金瘡があった。
刀ではなく、槍の穂先で貫かれた痕跡《こんせき》だ。
致命傷となった金瘡であろうか。
八郎兵衛は、弥太郎の右手が何かを握りしめているのに気づいた。
意志を失った右腕を拾い、固く閉じた指を一本ずつひらいていく。
すると、透明の球が畳に転がりおちた。

わずかな光を集め、妖しげに輝いている。

「翡翠《ひすい》玉か」

けだものの狙いはこれであったのか。

行灯の炎が揺れ、背後に人の気配が立った。

振りかえれば、蒼褪《あおざ》めた顔の老爺《ろうや》が佇《たたず》んでいる。

「茂平か」

狐《きつね》にでも憑《つ》かれたように、低声《こごえ》で語りはじめた。

「智者の髑髏、富者の髑髏、無垢《むく》な赤子《あかご》の髑髏、霜の降りた朝でも霜のつかぬ死人の髑髏を寄せあつめ、頂上を砕いて粉末とし、塗り固めて髑髏本尊となす。髑髏に漆《うるし》を塗って肉をつけ、男女和合の際に滴る淫水を塗りかさね、毎夜子丑《ねうし》ノ刻に反魂香《はんごんこう》をたいて薫染《くんせん》せしめ、荼吉尼天《だきにてん》の咒《しゅ》を誦《しょう》しながら加持をおこなう。さらに金銀箔《ぱく》をおき、眼窩《がんか》に秘珠を埋めて眼光となし、淫水の染料にて頂上に曼陀羅《まんだら》を描き、美しい女童《めわらべ》のごとく化粧《けわい》する。しかるのちに、深山幽谷の祠《ほこら》にて道場を構え、築きあげた壇《た》上に生きた魚鳥《ぎょちょうと》兎鹿《ろく》、里に住まいし可憐《かれん》な七つ娘の供物《くもつ》を捧げ、七日七晩護摩《ごま》を焚き、一心不乱に祈禱《きとう》しつつ媾合《まぐわ》えば、二十三夜の月を待たずに髑髏本尊は赫奕《かくえき》と輝き、神聖なる御詞《みことば》を発し、族《うから》の者たちに天《あま》つ狗《きつね》のごとき神通力をもたらすであろう……さような世迷い言が、ここな巻物に連綿としたためられておりますのじゃ」

茂平は喋りきるとがっくり膝をつき、黴《かび》の生えた巻物を抛ってよこす。

八郎兵衛は食い入るように巻物を眺め、角張った顎を引きあげた。

「どこでこれを」

「荒船明神の祠にござります。もしやとおもうて足を向けたら、おちよは連れさられたあとじゃった。あの娘の残り香が祠にあった……うう、おもいだすだに無念じゃ。されど、邪悪な者たちの隠れ家は渓谷のどこかにあるはず」

「それを訊きだすため、弥太郎を訪ねてまいったのか」

「人伝《ひとづて》に、おちよを攫ったのは虫売りと聞きましてな。されど、遅かった」

「親爺どの、あきらめるでない」

「望みはあると申されるか」

「ある。本来、左道の秘儀は口伝《くでん》によって受けつがれるもの。おそらく、この巻物は左道より離反したか、離反を願うものが極秘裡《り》にしたためたものに相違ない」

中身は信ずるに足るものだと、八郎兵衛は確信を込めて言う。

「巻物によれば『眼窩に秘珠を埋めて眼光となし』とある。秘珠とは、この翡翠玉にまちがいなかろう。弥太郎がなんらかの理由で盗みだしたのだ。これを埋めこまねば本尊は隻眼《せきがん》のままゆえ、儀式はおこなえぬ」

「儀式がはじまるまで、おちよの身は無事であると」

「『壇上に生きた供物を捧げ』と、ここに記してあるからな」

「あっ」

「どうした、茂平」

「翡翠の採掘できる渓谷なれば、黒滝《くろたき》のそばにございます。杣人《そまびと》によれば、滝壺《たきつぼ》の周囲に奥深い洞穴があるとか」

「それだ。遠いのか」

「険しい山谷を越えてゆかねばなりませぬが、半日もあればたどりつけましょう。ただし」

「なんだ」

「黒滝は禁断の地。禁を破ったものには山神の祟りが降りかかります」

「山神の正体は左道の族《うから》だ。親爺どの、案ずるな」

「されど」

「孫を救うためだぞ」

「承知してござります」

「よし、旅仕度をととのえ、未明に出立《しゅったつ》するといたそう。ただし、親爺どのは居残れ」

「えっ」

茂平は目を剥いた。

「足手まといでござりましょうか」

「案ずるな。おちよ坊は救ってやる」

「されば、勘助を案内役に。黒滝までの道筋は存じております」

茂平は振りむき、腰を抜かした弟子を睨みつけた。

勘助は歯を食いしばり、しっかりと立ちあがってみせる。

「親爺さま、おまかせくだされ。おちよ坊はかならず」

「たのむぞ、勘助」

「はい」

八郎兵衛は勘助に宿泊先の所在を告げ、湯治場への帰路をたどった。

茂平には偉そうに胸を叩いてみせたが、手強い左道相手にこれといった策もみつからない。だいいち、族の数すらも把握できていないのだ。

「困った」

懐中から翡翠玉をとりだし、月光に翳《かざ》してみる。

玉は強烈な光を放ち、魂まで吸いとられそうになる。

八郎兵衛は魅入《みい》られたまま、しばらく闇の狭間に佇んだ。

「まさに、秘珠だな」

この翡翠玉が、おちよのもとへ導いてくれるにちがいない。

そうであることを祈りつつ、八郎兵衛は夜道を進んだ。

「ん」

何者かに尾《つ》けられている。

「野良猫め、出てこい」

草叢《くさむら》からあらわれたのは、髷先《まげさき》を散らした痩せぎすの男だ。

見覚えがある。

「おぬしは万蔵一家の」

「そうよ、簑吉さ」

「なんの用だ」

「へへ、おめえさんがどう動くか、興味があってな」

「なぜ」

「おいらも屍骸をみた。弥太郎は左道の連中に殺られたにちげえねえ。おおかた、仲間割れでもしたんだろうよ。だがな、やつはおんなじ釜《かま》の飯を食らった野郎だ。黙って見過ごしちまったら、万蔵一家の名が廃《すた》らあ」

「触らぬ神に祟り無し。万蔵はそう言ったぞ」

「弥太郎が殺られたとなりゃ、はなしは別さ」

「村人を掻きあつめて山狩りでもするのか」

「里の連中は山神を懼《おそ》れてる。山神の正体が左道と知れば、そいつを潰しちまおうと必死になる。お上にしたところで、邪教の輩は根こそぎ始末しなくちゃなるめえ。砥石奉行を先頭に立て、山狩りをやるって手もある。でもな、そいつはつまらねえと親分も仰るのよ」

万蔵が「触らぬ神に祟り無し」と吐いたときの表情を、八郎兵衛はおもいかえした。

「弥太郎に関わると、都合のわるいことでもあるのか」

「勘が良いな。親分の狙いは左道のお宝なのさ」

嘘か真実《まこと》か、左道が本尊に祀る髑髏は金塊《きんかい》でつくられているというのだ。

「黄金の髑髏さ。そいつをな、おめえさんが奪ってくるんだ」

「阿呆なことを抜かすな」

「五百両出す。手間賃にしちゃ高すぎるとおもわねえか」

ぐらっと、気持ちが動いた。

だが、悪党どもの口車に乗るほど、八郎兵衛も莫迦ではない。

「ありもしないお宝を探すほど、暇ではないのでな」

「お宝はあるぜ。目にした野郎がいるんだ」

「ほう」

「海坊主鯨俊といってな。聞いて驚くなよ、こいつは世間を騒がす霞小僧の大立者《おおだてもの》なんだぜ」

八郎兵衛は、ぴくっと眉を動かした。

「そやつ、万蔵一家に寄宿しておるのか」

「ああ、二、三日前からな。ま、ここだけのはなしにしといてくれや。霞小僧の一党を匿《かくま》ったことが知れたら、砥石奉行も黙っちゃいねえかんな」

「安心せい。関わりはもたぬ。で、その海坊主はどうしておる」

「いまは道俊《どうしゅん》と名を変え、いっぱしの袈裟坊主を装ってらあ。ともかくよ、やるのかやらねえのか、はっきりしてくれや」

「よし、前金を寄こせ」

簑吉は呆《あき》れた顔になる。

「へへ、親分の見立てにまちげえねえや、そうくるとおもったぜ。ほれ、五両だ」

「五百両の前金が、たったの五両か」

「文句言うない。金だけ渡してとんずらこかれるかもしれねえだろう」

「逃げはせぬ」

「へん、どうだかな。それともうひとつ、猶予は明日の夕刻までだ。それまでに髑髏を盗みだしてくれや」

「ずいぶん急なはなしだな」

「急がなくちゃならねえ理由《わけ》があんのよ」

簑吉はへらついた調子で吐き、闇のなかへ消えていった。

おもいがけず敵の所在は判明したものの、何かすっきりしないものがある。

おきくによれば、海坊主鯨俊は管槍の名手だという。

八郎兵衛は、弥太郎の致命傷となった金瘡をおもいかえしていた。

五

中天《ちゆうてん》に居座りつづける太陽を、八郎兵衛は恨めしげに睨んだ。

大樹の木陰に身を寄せても、風はそよとも吹いてくれない。

油蟬《あぶらぜみ》の合唱を聞きながら、水をかぶったように汗を掻いている。

「おうい、こっちだこっち」

八郎兵衛は手を振り、足手まといの勘助を呼んだ。

勘助は居職《いじよく》なので健脚とはほど遠く、喉をぜいぜいさせながら従《つ》いてくる。

どっちが案内役かわからない。

「おぬしをみているだけで疲れるな。昼餉《ひるげ》でも食うか」

「は、はい」

地表に隆起した木の根に座り、竹筒《ささえ》をかたむけて水をごくごく呑む。

八郎兵衛は懐中から、握り飯の包みをとりだした。

蓮《はす》の葉の包みをひらくと、なんともいえない芳香がひろがった。

勘助が羨ましげに覗きこんでくる。

「奥方さまの握った握り飯ですか」

「おう。欲しけりゃやるぞ」

「めっそうもございません」

「遠慮するな。ほれ、梅干し入りだ」

「は。では……お、美味《おい》しい」

「さようか」

「これほどの握り飯は食べたことがありません」

「嘘を言うな。佐久米だぞ。毎晩食っておろうが」

「は、でも……あ、愛情が籠もっております」

「愛情、誰の」

「奥方さまにきまっております。あれほどお美しいお方はみたことがありません」

「ぶはは、おきくに教えてやりたいのう」

「おきくさま、と仰るのですか」

「ああ」

「そういえば、お侍さまのご姓名をまだ伺っておりませなんだ」

「伊坂八郎兵衛、どこにでもあるような名さ。おぬしは勘違いしておる。おきくは妻ではない」

「なんと、さようで」

「あれは不憫《ふびん》なおなごでな、わしのせいで声を失ったのだ」

「伊坂さまのせいで」

「ああ。わしが守ってやらねばならぬのさ。ふっ、詰まらぬはなしを聞かせたな。よし、腹も充《み》たされたし、黒滝はすぐそこだ。まいろう」

「はい」

ふたりの足取りは、いくぶん軽くなったようだ。

山道を四半刻ほど進むと、渓谷の断崖へ行きついた。

どどどと、滝の音が聞こえてくる。

「黒滝か」

藪《やぶ》を分けてみれば、行く手に見事な滝があらわれた。

屏風《びょうぶ》岩に沿って奈落を覗けば、滝壺に吸いこまれそうな錯覚をおぼえる。

「さあて、どうやって下りようかの」

勘助に問いかけつつ、目の端に蠢《うごめ》く影をとらえた。

滝の流れおちる屏風岩を、豆粒大の生き物がするする下りていく。

「お、猿か」

「いいえ、あれは人ですよ」

勘助はいつのまにか、遠眼鏡《とおめがね》を覗いていた。

「寄こせ」

遠眼鏡のなかに、毛むくじゃらの男が映しだされる。

「ん、あやつ、弥太郎の家で目にしたぞ」

男は岩の裂け目に長い腕を伸ばし、命綱もつかわず巧みに下りてゆく。

そして滝壺の縁へ下りたつや、轟然《ごうぜん》と飛沫《しぶき》をあげる滝の背後へ消えた。

「勘助、運が良いぞ。左道の洞穴は滝の裏にあるらしい」

「さようですか」

「おぬしはここに残れ」

「伊坂さまは」

「滝の裏へ潜りこむ」

「みつかったら、お命がありませんよ」

「なんとかなるさ。こいつがあるからな」

八郎兵衛は翡翠玉をとりだし、掌中で弄《もてあそ》んだ。

断崖に沿って歩いていると、どうにか下りられそうな箇所があった。
木の蔓《つる》や根を伝い、岩の裂け目を滑りおりていく。
滝壺の縁に下りたつと、四方を堅固な岸壁に囲まれているのがわかった。
ぐるりと見渡しても、抜け穴ひとつみつからない。
断崖の頂部へもどるには、今下りてきた岩の裂け目を登るしかなさそうだ。
あるいは、左道の洞穴が外界と繋がっているのかもしれない。
八郎兵衛は恐る恐る、瀑布《ばくふ》へ近づいた。
茂平に禁断の地と告げられたことが、妙に引っかかっている。
耳を澄ませば荒ぶる山神の息遣いが聞こえてくるようで、身震いを禁じ得ない。
巨大な白壁が岩盤にあたって砕けちり、夥《おびただ》しい水飛沫を撒《ま》きちらしていた。
全身に浴びる水飛沫は心地良く、生きかえったような気分になる。
よくみれば、岩盤の表面が七色に輝いていた。
「翡翠か」
量は少ない。貴重なものなのだろう。
滝は凄まじい勢いで落下している。
「ええい、ままよ」

八郎兵衛は覚悟を決め、目を瞑《つむ》って飛びこんだ。
はっと目をひらけば、表とはまったく別のところだ。
小さな祠に狐が祀《まつ》られ、祠の向こうに暗闇がぽっかり口をあけている。
「よし」
気合いを入れ、手探りで進みはじめた。
隧道《すいどう》には涼やかな風が流れ、静寂が支配している。
暗闇に目が慣れてくると、鍾乳洞《しょうにゅうどう》であることがわかった。
壁には湿り気があり、足許は滑りやすくなっている。
隧道に沿ってくねくねと曲がり、ふと、八郎兵衛は足を止めた。
風の抜け道でもある行く手から、くぐもった声が聞こえてくる。
祈りのようでもあり、喘《あえ》ぎのようでもあった。
慎重に歩を進め、隧道の終わりまでやってきた。
鍾乳洞の岩陰から、そっと覗いてみる。
「ん」
無数の蠟燭《ろうそく》がみえ、巨大な伽藍《がらん》があらわれた。
伽藍の中心には祭壇が設けられ、巫女《みこ》らしき老女が祈りを捧げている。

「オンキリカクウンソワカ……」

荼吉尼天《だきにてん》を奉じる陀羅尼《だらに》真言であろうか。

「……即身成仏、即身成仏」

といった大勢の呻《うめ》きも聞こえてくる。

護摩の焚かれた祭壇の周囲では、異様な光景が展開していた。

五十人を超える若い男女が、あられもない姿態で交合しているのだ。

野獣のように睦みあう男女のあいだを、瓶《かめ》を携えた童子《わらべ》が巡っている。

どうやら、淫水を瓶に集めてまわる役らしい。

八郎兵衛は瞬きも忘れ、生唾を呑みこんだ。

淫靡《いんび》といえばあまりに淫靡な行為も、左道の者たちにしてみれば神聖な儀式なのであろう。

巫女の祈りは独特の旋律をもって波打ち、鍾乳洞の伽藍に響きわたった。

若い男女は狂わんばかりに腰をくねらせ、法悦の絶頂へ駈けのぼっていく。

八郎兵衛はいくぶん冷静さをとりもどし、祭壇のまわりに目を凝らした。

華やかな着物を纏《まと》った少女がひとり、虚空をみつめながら佇んでいる。

「おちよか」

きっと、そうにちがいない。
顔は蠟燭のように白く、唇もとだけが真紅に塗られていた。
供物として捧げられようとしているのか。
いや、そうではあるまい。
翡翠玉がないかぎり、儀式は成立しないはずだ。
八郎兵衛は、遠眼鏡で祭壇の中央を探った。
「あったぞ」
黄金の髑髏だ。
片方の眼窩だけは暗い。
海坊主鯨俊が目にしたという本尊にまちがいなかった。
巫女の祈りが止《や》み、男女は呪術《じゆじゆつ》を解かれたように離れていった。
不審におもった刹那、八郎兵衛は背後に怖気《おぞけ》立つような気配を察した。

六

獣じみた臭《にお》いに鼻をつかれた。

「そこで何をしておる」

振りむけば、半裸の男たちにとりかこまれている。

「おまえは弥太郎の家におった浪人者か」

朗々と発する男は肩口に金瘡を負っていた。

弥太郎の家で対峙《たいじ》した相手だ。

八郎兵衛は覚悟を決め、名乗りをあげた。

「わしは伊坂八郎兵衛、怪しいものではない」

「くふふ」

男たちは失笑を漏らし、わずかに警戒を解いた。

「黒滝の洞穴に潜入し、みずから怪しいものではないと抜かす。おかしな男よ」

「おぬしは族の長《おさ》か」

「さよう。わしは信義《のぶよし》じゃ」

よくみれば毛深いだけで、醜悪な面相ではない。

彫りは深く、目鼻のつくりは大きく、体格はおもったよりも小柄だが、背中や四肢の肉は瘤《こぶ》のように盛りあがっている。肌の色艶から推せば三十前後にもみえ、深く刻まれた眦《まなじり》の皺《しわ》などを観察すると四十を超えた感じもする。

「信義とやら、おぬしが虫売りを殺ったのか」

「ふっ、わしではない。すでに、弥太郎は死んでおった」

「なにっ」

「どうせ、ああなる運命にあったがな。あやつは裏切りものよ。御本尊を盗みだし、悪党に売りわたそうとした。金のために魂を売ったのじゃ。死をもって償わねばならぬ」

弥太郎は翡翠玉を盗んだのではなく、黄金の髑髏そのものを盗んだ。

信義は髑髏をとりもどしたものの、秘珠の翡翠玉だけは弥太郎が握って手放さなかったらしい。

弥太郎の首を掻っきった悪党とは誰なのか。

八郎兵衛は、屍骸の左胸の金瘡をおもいだしていた。

あれは槍の金瘡。

ひょっとすると、悪党とは海坊主鯨俊のことかもしれぬ。

黄金の髑髏を奪うべく弥太郎に近づき、まんまと盗ませたあげくに管槍で突き殺した。必死に家捜《やさが》しをしてはみたものの、肝心の髑髏はみつからない。鯨俊があきらめて去ったあと、いれちがいに信義があらわれ、弥太郎の隠した髑髏をみつけたのだ。

それなら、辻褄《つじつま》も合う。

「おい、浪人。なにを考えておる」

「別に」

「儀式をみたのか」

「みたさ。淫水を幼子に集めさせ、髑髏に塗布しようとはな。常軌を逸しているとしか言えぬ」

「ふん、おぬしもか」

「なにが」

「里人はわれらを左道と呼んでさげすみ、忌避《きひ》しつづけてきた。なれど、われらは左道にあらず。古来より黒滝を鎮守する族にすぎぬ」

そして、族の種を守るには儀式が必要なのだと、信義は強調する。

「なぜ、里から七つの娘を拐かす」

「おちよのことか」

「そうだ。孫を失った茂平は悲しんでおるぞ」

「おぬし、研師に頼まれてきたのか」

「頼まれたのではない。他人の子を盗む卑劣な行為を止めさせるためにきたのだ。これをみろ」

八郎兵衛は懐中から、翡翠玉をとりだした。

「おぬしらの秘珠であろう。弥太郎が握っておったぞ」

「ほ、これはこれは。探しにむかう手間が省けたわい」

「翡翠玉は返してやるから、おちよを寄こせ。ほかに攫った子があれば、みなの命と引きかえに秘珠を渡そう」

「ふほ、おぬしを殺せば条件を呑むこともあるまい」

「わしは容易に殺せぬぞ。二十人やそこらは道連れにしてやるわさ」

「どうかな」

「無駄な殺生は好かぬ。やめておけ」

信義が後方に退くのを合図に、手下どもが襲いかかってきた。

「ぬわああ」

鉈《なた》や棍棒《こんぼう》を振るい、車懸かりに攻めたててくる。

八郎兵衛は岩を背に抱え、白刃を抜いた。

抜くやいなや峰に返し、相手の急所を叩きのめす。

喉、水月《みぞおち》、股間、籠手《こて》、二尺四寸の国広は刃風を唸らせて縦横に暴れまわった。

「ぐへっ」

「ぼぎゃっ」

つぎつぎに悲鳴があがり、男どもは血泡を吐いて倒れていく。

八郎兵衛は背後の岩を乗りこえ、伽藍の中央に飛びだした。

全裸の男女が悲鳴をあげ、散り散りに逃げていった。

「なにをしておる。とりかこめ」

信義にけしかけられた連中は息を弾ませ、闇雲に斬りこんでくる。

だが、八郎兵衛の繰りだす居合技にはまったく歯が立たない。

ほどもなく、伽藍のなかは怪我人の呻きで満たされた。

「ふん、やりおるわい。わしの肩を斬っただけのことはある」

信義はずいと前面へ圧《お》しだし、背中から肉厚の彎刀《わんとう》を引きぬいた。

長い舌で刃先を嘗め、彎刀を高々と頭上に掲げる。

いざ、踏みだそうと身構えた瞬間、雷鳴のような声が轟《とどろ》いた。

「待たぬか、信義」

祭壇に祈禱を捧げている巫女であった。

「なんじゃ。末婆《すえばあ》、邪魔だていたすな」

「気を鎮めよ。信義、そこなお方は敵にあらず」

「んなことはわかっておる。ちと遊んでやっただけのことじゃ」

末婆と呼ばれた巫女は矮軀《わいく》をはこび、八郎兵衛のそばへ近づいてきた。

皺のなかに目鼻が埋まっているようで、年齢すらも判然としない。

「わしの齢《よわい》を知りたいのか」

どうやら、他人の心が読めるらしい。

「今年で百と十五になるわい、うひょひょ」

老婆は気味悪く笑った。

「さて、秘珠を返してもらおうかの」

八郎兵衛は抗《あらが》いようもなく、翡翠玉を老婆に手渡した。

すると、老婆は配下の者に指図《さしず》し、おちよをこちらへ連れてこさせた。

おちよばかりか、同じ年恰好の娘ふたりもあらわれた。

三人とも暗示を掛けられてでもいるのか、虚《うつ》ろな表情をしている。

「里から借りた娘たちじゃ。二十三夜の儀式を終えたら返してやろうになあ」

「人身《ひとみ》御供《ごくう》ではないのか」

「命まではとりやせぬ。穢《けが》れ無き血をわずかばかり頂戴するのみ」

「穢れ無き血を」

「そうじゃよ。護法魔王尊《ごほうまおうそん》に捧げるのさ」

「護法魔王尊だと。鞍馬寺《くらまでら》の光明心殿《こうみようしんでん》に祀られた尊天ではないか」

「さよう。金星より天降《あまくだ》りし尊天様が、黒滝の守護であらせられるのじゃ」

山城国《やましろ》に起源をもつ族なのだろうかと、八郎兵衛はおもった。

護法魔王尊といえば、巻物にあった「天つ狗《あまきつね》」との繋がりが想起されるものの、髑髏本尊との関わりはさだかでない。やはり、いずれかの時点で左道のとりおこなう儀式の手法が混入したのだろう。

「どうじゃ。わかってもらえたかの」

「わからんでもないが、里人を困らせるのはどうかな」

「これしきのこと、当然の報いじゃ。われらは幾百年ものあいだ、しいたげられてきたのじゃ……まあよい、おぬしは旅人ゆえ赦してやる。われらの秘密、くれぐれも里人に漏らすでないぞ」

「わかったよ」

「なれば、御酒《みき》をふるもうて進ぜよう」

老婆の声に応じ、信義が喜々として叫びあげた。

「笑酒《えぐし》じゃ、笑酒じゃ」

たちまちに豪勢な山川《さんせん》の珍味が供され、濁り酒の溜まった大瓶が運ばれてくる。

「さあ、呑め」

信義はさきほどとは打って変わり、親しげに酒を注いでくれた。

八郎兵衛が大盃をひと息に干すと、男どもは手を叩いて喜んだ。

女どもは乳房を揺すりながら近寄り、好奇心もあらわに髪や肩を触ってくる。

峰打ちで傷つけた男たちまでが浮かれ騒ぎに興じ、八郎兵衛は輪の中心で底無しに酒を喰《くら》いつづけた。

元来、酒鬼と呼ばれたほどの男である。

八郎兵衛の呑みっぷりは、黒滝の猛者《もさ》たちも舌を巻くほどだった。

やがて、末婆は祈禱を再開し、全裸の男女が祭壇のまわりで踊りはじめた。

淫靡な光景も微酔《ほろよ》い加減で眺めてみれば、おおらかなものに映ってくる。

それから一刻余りも呑みつづけ、さすがの八郎兵衛も酩酊《めいてい》した。

途轍《とてつ》もなく強い酒なのだ。

真言が脳髄《のうずい》を痺《しび》れさせ、伽藍の天蓋《てんがい》がぐるぐるまわってみえる。

「笑酒じゃ。さあ呑め、おまえは良き友じゃ。ふははは」

信義の笑いが遠ざかっていった。

七

夢か。

夢であれば醒《さ》めてくれるなと祈った。

「伊坂さま、伊坂さま」

「むっ」

唐突に目のまえの霧が晴れ、草の匂いを胸腔《むね》いっぱいに吸いこんだ。

泣き顔の若い男が、頬をぴたぴた叩いてくる。

「勘助か。叩くな、痛いではないか」

「やっと気づかれましたか」

「ここはどこだ」

「断崖の頂上にござります」

囁かれた途端、どどどと黒滝の落下音が聞こえてきた。

陽光は大きく西にかたむき、空は血の色に染まっている。

「信義と申されるお方が、伊坂さまを背負ってこられました」

「何刻前のはなしだ」

「二刻ほどまえ。あと小半刻もすれば日没にございます」

「さようか、ずいぶん眠ったな」

「たいへんなことが起こったのですよ。ほら、あれを」

勘助は滝壺を指差した。

遠眼鏡で覗いてみると、大勢の者が屍骸となって浮かんでいる。

黒滝を守る族《うから》の男女であった。

腹や背に矢を受けているのだ。

「勘助、あれはどうしたことだ」

「山狩りです」

砥石奉行が陣頭指揮に立ち、大掛かりな捕物をおこなった。

捕物というよりも、手当たり次第の殺戮《さつりく》である。

「邪教の族を根絶やしにするのだと、万蔵一家の連中が叫びあげ」

「万蔵一家だと」

「はい、捕方の先陣を任されたのです」

「くそっ」

八郎兵衛は臍《ほぞ》を咬《か》んだ。

若衆頭の簑吉に髑髏本尊を奪う期限は「明日の夕刻まで」と告げられたことを、うっかり失念していたのだ。簑吉が口にした「急がなくちゃならねえ理由」というのは、やはり、山狩りであった。

「有無をいわせぬ急襲でした」

と、勘助はうなだれる。

火薬の炸裂《さくれつ》音や人の喚き、族のものたちの断末魔も聞こえてきたが、すべては黒滝の落下音に呑みこまれてしまった。

勘助はこの場から動くこともできず、がたがた震えていたという。

すでに、砥石奉行の沢村銑十郎は族のすみかをつきとめていたのだ。

万蔵は山狩りに先んじて、あわよくば黄金の髑髏を奪ってしまおうと考えた。手練《てだれ》の八郎兵衛を雇ったものの、八郎兵衛の失敗《しくじ》りを知ると考えを変えた。捕物の混乱に乗じて髑髏を奪うべく、腹を括《くく》ったのだ。

「わしはなんという阿呆だ。酒に溺《おぼ》れ、黒滝の人々を見殺しにしてしまった」

捕物は一刻前には終わっていた。

それ以降、滝口から出てきた者はひとりもいない。

「おちよ坊は……どうなったのでしょう」

「むう」

八郎兵衛は苦しげに呻き、ようやく立ちあがった。

あたまは重く、腰はふらつく。

「伊坂さま、どちらへ」

「洞穴にもどる」

「手前もお供いたします」

ふたりは岩の裂け目を伝い、滝壺の縁に下りたった。

滝の裏側にまわりこむと、狐の祠は蹴散らされ、隧道内は燐《りん》の臭気に満たされている。

「砥石奉行のやつ、火薬玉を派手に使ったな」

八郎兵衛は急ぎ足で進み、仕舞いには駈けだした。

伽藍は白煙に包まれ、男女の遺体が転がっている。

すでに、捕方は去ったあとだった。

伽藍の反対側に抜け道があるのだろう。

八郎兵衛はひとつひとつの遺体をあらため、信義をさがした。

「おらんな」

無事に逃げのびてくれたことを祈るしかなかった。

鉛のような足を引きずり、崩れさった祭壇に向かう。

黄金の髑髏本尊はそこに無く、護摩のなかでぷすぷすと人が燻《いぶ》されていた。

「末婆っ」

八郎兵衛は駈けより、黒焦げになった小さな屍骸を抱えあげた。

忌避すべきものの象徴として、老いた巫女は生きながらに焼かれたのだ。

「無惨な」

勘助は隣で身を強張《こわば》らせ、ひたすら念仏を唱えはじめた。

八郎兵衛の体内に、沸々と怒りが迫《せ》りあがってくる。

「勘弁ならねえ」

それは不甲斐《ふがい》ない自分への怒りでもあった。

ふたりは伽藍をあとにし、隧道の反対側へ抜けた。

やはり森へ通じる道があり、すでに周囲は暗くなっていたものの、月明かりが足許を照らしてくれる。

近くに捕方の影はないが、大勢の足跡をみつけることはできた。

ふたりは木葉に溜まった水滴を呑み、夜を徹して歩みつづけ、夜明けまでには里へ下りてきた。

振りあおげば、朝霧に霞む荒船山が聳えている。

本宿の宿場は死んだように静まりかえり、ひたひたと歩む自分たちの跫音《あしおと》以外に聞こえる物音もない。

八郎兵衛はまっすぐ茂平の家へ向かった。

おきくも湯治場を去り、そこで待っているはずだった。

露地裏に人気《ひとけ》はなく、露に濡れた朝顔の花が萎《しぼ》んでいる。

ふと、血腥《ちなまぐさ》さに鼻をつかれ、八郎兵衛は立ちどまった。

物陰に人がいる。

「伊坂さま」

と、勘助が囁いてきた。

「黙っておれ」

八郎兵衛は刀の柄に手を添え、ぐっと腰を落とした。

と同時に、物陰から怒りに震えた声が聞こえてきた。

「里のやつらめ、赦しちゃおかねえ」

毛むくじゃらの膃を突きだし、ぬっとあらわれたのは信義であった。

「生きておったのか」

「死ねぬわ。恨みを晴らすまではな」

深手を負っているのだろう。

信義は血だらけの顔で荒い息を吐いた。

「どうするのだ、これから」

「砥石奉行も万蔵も殺す。それから、万蔵に飼われた鯨俊とかいう破戒坊主もな」

「なにっ、鯨俊だと」

「そいつが水先案内人を買ってでたのじゃ。半月前にも洞穴へ忍びこんだ盗人よ。万蔵としめしあわせ、黄金の御本尊を掠《かす》めとっていきよった。砥石奉行も悪党の仲間じゃ」

我欲に溺れた捕吏《ほり》と悪党が手を組み、黒滝の族をみなごろしにした。

「復讐《ふくしゅう》せねばなるまいが」

「おぬし、ひとりでやるのか」

「族の男で生きのこったのは、わしだけじゃからな」

「死ぬぞ」

「いいさ。のぞむところよ」

信義は紫に腫《は》れた唇もとをゆがめ、物陰から何かを拾いあげた。

太い二の腕で軽々と抱えあげられたのは、年端もいかぬ娘だ。

「おちよか」

「案ずるな。気を失っておるだけじゃ。ほれ」

無造作に抛られたおちよを、八郎兵衛は胸で抱きとめた。

「娘は返したぞ。これで用事は済んだ」

「待て」

走りさろうとする背中を呼びとめると、信義は振りかえりもせずに言った。

「ぬしとは良い酒を呑んだ。さらばじゃ」

一陣の旋風が巻きあがり、信義のすがたは消えた。

おちよが覚醒《かくせい》し、脅えた目で睨みつけてくる。

そして、ありったけの声をあげて泣きだした。

すると、斜むかいの油障子が勢いよくひらいた。

「……お、おちよ。おちよか」

茂平が血相を変え、縺《もつ》れる足をはこんでくる。

母親のおきみもつづき、おきくも顔を出した。

おちよはもがくように八郎兵衛から逃れ、茂平の胸に飛びこんでいく。

「爺っちゃん」

「よしよし。よう無事で帰ってきたのう」

茂平は泣きながら、おちよを必死に抱きしめる。

勘助は洟水《はなみず》を啜《すす》り、おきみは地べたにくずおれた。

おきくは俯《うつむ》き加減で歩みより、八郎兵衛の胸に鬢《びん》を寄せてくる。

きつく抱きしめてやると、頰をつたって一筋の涙が零れおちた。

「まだ終わってはおらん」

八郎兵衛は諭《さと》すように告げ、おきくの身をそっと剝《は》がした。

八

信義は死を決し、無謀にも正面から万蔵一家を強襲した。

若衆頭の簑吉をはじめ二十数人の乾分どもを道連れにしたあげく、壮絶な最期を遂げたのだ。

午《うま》ノ刻《こく》、信義の首は炎天下に晒された。

——不埒《ふらち》千万なる邪教の族《うから》
と記された砥石奉行の捨札とともに、長い竹槍の先端で串刺《くし》しにされ、棒鼻の側にある晒し場に捨ておかれた。

怨念《おんねん》の籠もった首は双眸を瞠《みは》り、顎《あご》が外れるほどの大口をあけていた。

竹矢来《たけやらい》から覗く群衆は口々に信義を罵《ののし》り、誇り高き族の長にたいしてあらんかぎりの悪態を吐いた。

「ばけものめ」

みずからの想像を超えた生き物にたいして、人は底知れぬ恐怖を抱く。

恐怖は群衆を狂気に駆りたて、根こそぎの排除へと向かわせる。

「みるがよい。おぬしらの懼れる山神の正体はあれよ。ただの山狗《やまいぬ》にすぎぬ。黒滝の守護と称し、禍々《まがまが》しくも髑髏を祀る左道の族なのさ」

叫びあげているのは、万蔵である。

人々から嵐のごとき歓声で迎えられ、さも満足げな様子だった。

そして、お尋ね者であるはずの海坊主鯨俊までが、群衆を面前にして胸を反りかえらせている。

「わしがけだものを狩った。この管槍でのう」

夏虫色の単衣《ひとえ》を纏った鯨俊は自慢の口髭をしごき、青々とした頭を撫でまわす。祝い酒に酔った赤ら顔で吹聴《ふいちょう》しまくり、やんやと喝采《かっさい》を浴びた。

が、つぎの瞬間、鯨俊は目を疑った。

群衆のなかに、美しい女のすがたをみとめたのだ。

「そなたは……お、おきく」

女は派手な花柄の袖をひるがえし、辻向こうへ消えていく。

鯨俊は群衆を掻きわけ、憑《つ》かれたように女の背中を追った。

「待て、女狐め」

海坊主は、ずるっと涎《よだれ》を啜りあげた。

誰の目でみても、おきくは妖艶《ようえん》な女だ。

首魁の丑松が見初《みそ》めただけのことはある。

本音を言えば、自分の情婦にしたいとおもったこともあった。

丑松を裏切った勝ち気な性分も気に入っている。

おきくに抱いたかつての恋情が、鯨俊のなかで再燃していた。

「おきく、待て、待たぬか」

人気《ひとけ》のない辻を曲がれば、そこは陽光の射さない露地裏だ。

乾いた風が吹きぬけ、夏虫色の着物の裾を攫《さら》っていった。

おきくのすがたはない。

黒橡《くろつるばみ》の袷《あわせ》を纏った浪人がひとり、立ちふさがるように待ちかまえていた。

ふたりとも丈は六尺を超え、狭い露地がいっそう狭苦しく感じられる。

「うぬは誰じゃ」

「伊坂八郎兵衛」

「伊坂じゃと。ほほう、三百両の賞金首か。おきくに骨抜きにされた水母《くらげ》野郎がわしに何の用じゃ」

「おぬしが霞小僧の一味なれば、命を頂戴するしかあるまい」

「くふふ、この鯨俊さまを殺ろうってのか」

「そういうことだ」

「天下の霞小僧も嘗められたものよ。いいか、教えといてやる。霞小僧をただの盗賊とおもったら痛い目をみるぜ。わしらはな、まあ言ってみりゃ梁山泊《りょうざんぱく》に集まった豪傑どもよ。世が世なら一騎当千の強者揃《つわものぞろ》いさ」

なかでも屈指の怪力自慢が、海坊主鯨俊ということになるらしい。

「伊坂八郎兵衛、ここで遭ったが百年目じゃ」

「それはこっちの台詞《せりふ》だ」

「ほざけ」

海坊主は管槍を頭上で旋回させ、鋭利な穂先を突きだしてきた。

八郎兵衛は横飛びに跳ね、一撃目を易々《やすやす》と躱す。

粉塵《ふんじん》が巻きあがり、熱風に運びさられた。

「死ねっ」

鯨俊が吼えた。

「すりゃ、そい、ほりゃあ」

突き、薙ぎ、払いの連続技が、奇声とともに繰りだされてくる。

軽やかな身のこなしで攻撃をすべて躱しきり、八郎兵衛は不敵にも笑ってみせた。

「その程度か。おぬしの腕でわしは斬れぬな」

「あんだと、この」

鯨俊は双手《もろて》で管槍を旋回させ、鉄板を巻いた石突《いしづ》きで打擲《ちょうちゃく》を狙う。

と、みせかけて、こちらの鼻面へ穂先を突きだしてきた。

八郎兵衛はひょいと躱し、右手で管槍のけら首を摑む。

「うぬ」

自慢の膂力《りょりょく》で押しても引いても、管槍はびくともしない。

二の腕も胴まわりも太く、横幅ならば鯨俊のほうが八郎兵衛より勝《まさ》っている。

しかし、膂力の差は歴然としていた。

「それでも一騎当千か。たいしたことはなさそうだ」

「なにを」

両脚を踏んばらせ、海坊主鯨俊は力みかえった。

絶妙の間をとらえ、八郎兵衛は太いけら首を放す。

「ぬおっ」

鯨俊は後方へ仰けぞった。

機を逃さず、八郎兵衛は生死の間境を踏みこえる。

立身流《たつみりゅう》は動く禅、抜刀せずに間合いを詰め、相手の鼻先で白刃を抜く。

抜いたら最後、二の太刀《たち》はない。

それが極意だ。

八郎兵衛は国広を抜刀し、大上段に掲げた。

「けえ……っ」

裂帛《れっぱく》の気合いを発し、頭蓋《ずがい》を狙って振りおろす。

「のへっ」

霞の四天王に数えられるほどの男が、すかし屁のような声を漏らした。

ぱっくり裂けた脳天から鮮血が噴きあがる。

鯨俊は白目を剝き、どっと大の字に倒れていった。

「莫迦め」

八郎兵衛は樋《ひ》に溜まった不浄な血を切り、静かに国広を納めた。

おきくが物陰から駈けより、袖口を摑んでくる。

表情も変えず、変わりはてた海坊主を見下ろした。

「まいろう。長居は無用だ」

おきくはこっくりうなずき、ほとけに手を合わせようともしない。

銀蠅《ぎんばえ》のたかりはじめた屍骸を残し、ふたりは露地裏から逃れでた。

商家の手代が店の板塀に向かって、ひとはけの水を打っている。

往来を行き交う人々はみな、茹《う》だるような暑さに顔をゆがめていた。

路傍に佇む百日紅《さるすべり》だけが真夏の陽光にもめげず、燃えるような紅い花を咲かせている。
八郎兵衛とおきくのすがたは、糸遊《かげろう》のごとく揺れながら往来を遠ざかっていった。
棒鼻に晒された信義の首は、何者かの手でその夜のうちに奪いさられた。
三日後、新たな死に首がふたつ、衆目の面前に晒されることとなった。
ひとつは万蔵、もうひとつの首は砥石奉行の沢村銑十郎である。
——禁断の黒滝を侵せし輩共　荒ぶる山神の天罰と心得よ
と記された捨札を眺め、人々はただ恐懼《きょうく》しながら荒船山に祈りを捧げた。
このとき、すでに八郎兵衛とおきくのすがたは宿場のどこにもなかった。
研師の茂平は雲路のはてをみつめ、おのれに託された使命を反芻《はんすう》していた。
弟子の勘助ともども荒船明神の祠に向かい、夕暮れになるまで待ちつづけた。
疾風に竹林がざわめいている。
淡く紅い合歓《ねむ》の花が咲いたころ、茂平はおもいきって祠の観音扉をあけてみた。
生暖かい風が吹きぬけ、背筋をぞくっとさせる。
何かが、祠の片隅で妖しげな光を放っていた。
「黄金の髑髏か」
水無月晦日《みそか》におこなわれる夏越《なごし》の祓《はら》いといっしょに、髑髏を手厚く葬ってやらねばならぬ。

それが茂平の使命だった。

ためらう尻を叩くように、雨がぱらぱら落ちてきた。

すぐさま雨は烈しくなり、無数の削《そ》ぎ竹《だけ》を落としたような銀竹《ゆうだち》が降ってくる。

何日ぶりかの驟雨《しゅうう》だ。

「旱天《かんてん》の慈雨《じう》」

と、老いた研師はつぶやく。

「親爺さま、さあ」

勘助に促され、茂平は祠に踏みこんだ。

そして震える手で、髑髏を拾いあげた。

板橋上宿七曲がりの罠

一

戸田《とだ》の渡しで荒川を越えれば、中山道一の宿の板橋は近い。

板橋宿から日本橋までは二里十八町、江戸は目と鼻の先となる。

ところが、夜来《やらい》の雨で川の水嵩《みずかさ》は増し、旅人たちは岸辺の木賃宿《きちんやど》で足止めを食らっていた。

晴れていれば、河原《かわら》の西方に富士や秩父《ちちぶ》連山も遠望できる。

中山道は物流の大道、それが何日も滞ってしまえば、おのずと江戸庶民の暮らしにも影響が出てこよう。

恨めしげに空をみあげても、いっこうに雨の熄《や》む気配はない。

巳《み》ノ刻を少し過ぎたころ、蓑笠《みのがさ》をかぶった小役人が隣の渡し小屋を訪れ、船頭たちに川止めを告げていったばかりだった。

「しかたねえや。本降りになってきやがったかんな」

「野分《のわき》の兆《きざ》しでしょうかねえ」

「莫迦《ばか》いっちゃいけねえ、二百十日はまださきだぜ。こいつは丑《うし》ノ刻に降りだした丑雨さあ」

「丑雨はしぶとい。なかなか熄まぬと申します」

「ああ。このぶんじゃお月さんも顔を出すめえ」

「言われてみれば、今宵は文月《ふづき》二十三夜の月待ちですなあ」

「そうよ」

二十三夜の月の出は遅い。高輪《たかなわ》か品川あたりに並ぶ葦簀《よしず》掛けの茶屋にしけこみ、どんちゃん騒ぎで暇を潰しながら月を待つ。明け方近くに東の空を仰げば、月はちぎれて三つに輝き、阿弥陀如来、観音菩薩、勢至菩薩の御三光を拝むことができるともいう。

「これが江戸者の楽しみ方よ。おいらも香具師《やし》の仲間と高輪へ繰りだす腹だったが、この雨じゃお月さんも拝めやしねえ。どのみち、川向こうへ渡れねえことにゃしょう

ている。

浦和《うらわ》の六斎市《ろくさいいち》から浅草へ戻るという香具師が、蕨生《わらび》まれの太物屋《ふともの》と愚痴《ぐち》を言いあっている。

「まことに、困りましたな」

「があんめえ」

香具師は気性の荒い男で、太物屋はお調子者のようだ。

八郎兵衛はふたりの掛けあいを聞くともなしに聞き、大部屋に屯《たむろ》する連中をそれとなく観察していた。

鴻巣《こうのす》に住む雛《ひな》人形師、桶川《おけがわ》からやってきた紅花《べにばな》売りの女、見沼通船堀《みぬまつうせんぼり》にある廻船《かいせん》問屋の手代、新妻を連れた江戸勤番の忍藩《おしはん》藩士、そして、夫婦で京見物を楽しんできたことになっている八郎兵衛とおきく。さきほどの香具師と太物屋もふくめれば、大部屋には九人の旅人がいる。

女は三人、二本差しの侍は八郎兵衛も入れてふたり、浅草の香具師がひとり、他の三人はいずれも武州の近在から江戸へ向かう町人たちだ。

怪しいと疑ってかかればすべての者が怪しくみえるし、そうでない気もする。

神流《かんな》川を渡って上州から武州にはいり、本庄《ほんじょう》宿を過ぎたあたりからずっと何者かに尾《つ》けられているように感じていた。

勘が当たっているとすれば、相手は霞《かすみ》の一味にまちがいない。

むしろ、八郎兵衛はみつけられることをのぞんでいる。

危ない賭《か》けだが、あえて敵前にすがたを晒《さら》すことで、首魁《しゅかい》の丑松《うしまつ》を炙《あぶ》りだそうと目論《もくろ》んでいた。

雨は強風をともない、篠《しの》を乱すような暴風雨になりかわった。

「これで夏の温気《うんき》もいっぺんで飛んじまったぜ。なあ、姐《ねえ》さん」

香具師は太物屋と喋《しゃべ》るのに飽きたのか、紅花売りの女に水を向けた。

女は熟れた色気を感じさせる三十路《みそじ》年増で、微笑《ほほえ》んだ横顔に媚《こ》びがある。

金次第では平気で春を売る女だなと、八郎兵衛は見当をつけた。

「おいらは佐平次《さへいじ》ってんだ。姐さんは」

「おぎんだよ。あたしゃ雨女でね、桶川の地元じゃ雨だれおぎんで通っている」

「雨だれおぎんか。そいつはまた、とんだ疫病神《やくびょうがみ》といっしょになっちまったぜ。うひひ」

佐平次は下心をちらつかせた顔で笑い、一同を眺めわたす。

これに応じてみせたのは、固太りの太物屋と気弱そうな廻船問屋の手代だけだ。

白髪のめだつ雛人形師はうたた寝をし、忍藩の若い夫婦はさきほどからことばも交わさずに格子窓の外を眺めている。

おきくは緊張の面持《おもも》ちで、ひとりひとりの挙動をみつめていた。

霞小僧のなかで知った顔は何人もいない。だが、一味の者ならば、目つきや所作《しょさ》でたちどころに見抜いてみせる。そうやって気負いこんだが、おきくはすぐに自信を失った。八郎兵衛同様、大部屋に集まった者たちすべてが怪しくもみえ、そうでないようにもみえるのだ。

午刻《ひるどき》を過ぎたころ、木賃宿の親爺《おやじ》が新たな客をともなってあらわれた。

総髪の大柄な中年男で、むさくるしい風体《ふうてい》からすれば浪人者のようだが、素姓は判然としない。

「こちらは上尾《あげお》からお越しのお方、紀州さまお抱えのお鷹匠《たかじょう》であられます。そこの紅花売りの姐さん、隣のお席をひとつ空けてやっておくんなさい」

「あら、ここかい。かまわないよ」

木賃宿の客は、宿帳に氏素姓を明記しなければならない。

親爺が宿帳を手にし、最初だけこうして新たな客を紹介するのだ。

忍藩士の夫婦がほんの一瞬、鷹匠に敵意の籠《こ》もった眼差しを向けた。

若い夫婦の微妙な心の揺らぎを、八郎兵衛だけは見逃さなかった。

濡《ぬ》れ鼠《ねずみ》の鷹匠は草鞋《わらじ》を脱ぎ、挨拶《あいさつ》もせずに板間へあがってくる。

丁寧《ていねい》に旅装を解く仕種《しぐさ》から推すと、気難しい人物のようだ。

小狡《こずる》そうな木賃宿の親爺が、表情も変えずに喋った。

「今日は渡し舟は出ませんでな。あとでみなさんから泊まり賃を頂戴しますよ」

「けっ、ちゃっかりしてやがらあ」

と、香具師の佐平次が怒鳴りあげる。

「おい親爺、雨さえあがりゃ舟は出せるんだろうな」

「こればっかりはなんとも、川の嵩《かさ》や流れの速さにもよりますからなあ」

「おいおい、そりゃねえだろう」

「手前に文句をいわれても困ります。渡し舟を出すかどうかは川役人の旦那《だんな》が決めなさることとゆえな」

「川役人だと。ふん、どうせ番太郎に毛が生えた程度の野郎だろうが」

「とんでもない。道中奉行さまご配下の歴《れっき》としたお役人ですよ」

「そいつはどこにいるんでえ」

「すぐそばの水車小屋に詰めておられます。川の水嵩を測る番小屋になっておりましてね」

「ふうん、水車小屋がなあ」

「ともかく、天気ばかりはどうしようもありません。雨風がおさまるのを根気よく待つしかない。それではみなさん、揉《も》め事《ごと》を起こさぬよう、よろしく頼みますよ」

親爺が背中をみせると、佐平次は土間にぺっと唾《つば》を吐いた。

鷹匠は手拭《てぬぐ》いで濡れた鬢《びん》を拭《ふ》き、行李《こうり》をあけて握り飯を頰張《ほおば》りはじめる。

紅花売りのおぎんが気を利かせ、湯飲みに白湯《さゆ》を入れて差しだした。

「どうぞ、旦那」

「ん、すまぬな」

礼を言われて気をよくしたのか、おぎんは科《しな》をつくってみせる。

「上尾のお鷹場からですか。あたしゃ隣の桶川ですよ」

「桶川といえば臙脂《えんじ》か」

「はい。化粧にする紅花を四谷《よつや》の問屋へ卸しにまいります」

「そいつはたいへんだな」

「たとい目と鼻のさきのお江戸とはいえ、女のひとり旅は心細くてしかたありませんよ」

「そうだろうなあ」

「旦那はどちらまで」

「紀州さまの御上屋敷だ」

「まあ、それなら赤坂《あかさか》じゃありませんか……よろしかったら、四谷までご同伴願えませんかねえ」

「ふむ、よかろう」

「あの、あたしはおぎんと申します。旦那のお名前は」

「相楽甚内《さがらじんない》じゃ」

　ふたりの会話を聞きながら、佐平次はふてくされた面《つら》をしている。

　太物屋と手代はとばっちりを受けぬよう、世間話に花を咲かせていた。

　あいかわらず人形師は眠りこけ、若い藩士夫婦は窓外へ目をくれている。

　おきくは鷹匠の様子を盗み見ながら、小さく溜息《ためいき》を吐《つ》いた。

　これで八人目、怪しげな人物がまたひとり増えたことになる。

　本庄宿を出てから根を詰めっぱなしなので、おきくのからだには疲労が蓄積しているにちがいない。

　板間のまんなかに切られた囲炉裏《いろり》をみれば、五徳《ごとく》に置かれた鉄瓶が白い湯気を立てている。

「おきく、茶でも呑《の》むか」

よく響く低い声を発した途端、眠っていたはずの人形師もふくめたみなの目が八郎兵衛に集まった。

二

風雨はおさまることを知らず、八郎兵衛は一睡もできずに朝を迎えた。

おきくもおなじで、一晩中、夜具にくるまって兎《うさぎ》のように震えていた。

「困ったもんだぜ。このぶんじゃ今日も舟は出そうにねえな」

香具師の佐平次は伸びをして起きあがってくるなり、ぶつくさ文句を言いだす。

いちばん早く起きたのは人形師で、囲炉裏端に座って黙々と粗朶《そだ》をくべていた。

木賃宿では客が食料を持参し、鍋釜《なべかま》を借りて自炊する。木賃とは煮炊きをする薪代《まき》のことで、格安なだけが取り柄の宿といっていい。風呂《ふろ》もないし不衛生なので、長逗《ながとう》留《りゆう》する旅人もいないのだが、川止めとなればどうしようもなかった。

中山道二の宿の蕨まで立ちもどれば、おそらく快適な旅籠《はたご》をみつけられようが、せっかく稼いだ道程《みちのり》を雨に濡れながら引きかえすのも面倒臭い。

多少の不便さえ我慢すれば、時も金も節約できる。

誰しもがそう考え、渡し場近くの木賃宿に留まっているのだ。

人形師は眦《まなじり》に皺《しわ》を刻み、さきほどからじっと火を睨《にら》んでいる。

「竜《りゅう》は雨神、虎は風神という故事がある」

誰に聞かせるともなく、嗄《か》れた声でぼそぼそ喋りはじめた。

「陸奥《むつ》のとある僻邑《へきゆう》では、火伏せ、風鎮めを祈願する虎舞《とらまい》の祭が夏の終わりに催される。武州では、そうした祭の風習をいっこうに聞かぬ」

人形師の独白を聞きつけ、佐平次が噛《か》みついた。

「よう、虎舞とかいう祭をやりゃ、雨風がおさまるってのかよ。そんなものは迷信だぜ。だいいち、この国のどこに虎がいるんでえ」

「虎はおるさ」

「どこにだよ」

「人の心に潜んでおる。獰猛《どうもう》な虎がひとたび暴れだせば、これしきの雨風なぞたちどころに吹きとばされてしまうわ」

「けっ、気でも狂ったんじゃねえのか。まったく、つきあっちゃいられねえぜ」

佐平次はぷいと横を向いたが、人形師の語る内容はどことなく暗示めいていた。

以前、八郎兵衛は「南町の虎」と悪党どもに恐れられた捕方の同心だった。霞の丑松を葬るべく、こうして三年ぶりに江戸へ舞いもどってきたのだ。

もしかしたら「獰猛な虎」とは、自分のことを指しているのではあるまいか。

鬢に霜のまじった人形師に怪しげな挙動はみられないが、そんなふうに勘ぐりたくもなってくる。

気づいてみると、八郎兵衛とおきくをのぞく八人が囲炉裏端に集まっていた。

自在鉤《かぎ》には味噌汁《みそしる》のはいった大鍋が吊《つ》るされ、美味《うま》そうに湯気をあげている。

めいめいが用意した干飯《ほしい》を湯でもどし、香の物を分けあい、木椀《もくわん》に味噌汁を盛って朝餉《あさげ》を食う。

簡易な食事が終わると、また永《なが》い一日がはじまるのだ。

鷹匠の相楽甚内は簑笠をかぶり、水車小屋へ行くといって消えた。

——ちんちろりん。

佐平次は茶碗《ちゃわん》のなかに賽子《さいころ》をふたつ転がし、太物屋と廻船問屋の手代を誘って丁半博打《ばくち》に興じはじめる。

人形師はうたた寝をし、若い藩士夫婦は暗い顔で窓外に目をくれ、紅花売りのおぎんは江戸の盛り場が紹介された細見《さいけん》などを眺めながら暇を潰している。

四半刻ほど経過したのち、若い藩士が新妻を残して消えた。

ほどもなく、おぎんも蓑笠をかぶって消えた。

八郎兵衛とおきくは、終始無言で部屋の片隅に座りつづけた。

鬱々《うつうつ》としたとき、八郎兵衛はいつも花火のはなしをおもいだす。

おきくはまだ声を失っていないころ、幼いときに花火師の父親から教わったという割物《わりもの》のつくり方を楽しそうに語ってくれた。

「和紙を幾重《いくえ》にも貼りかさねてな、まんまるの殻をつくるんだよ。殻のなかに炸薬《さくやく》袋を詰めて、それから、縁に沿って紅《あか》や橙《だいだい》の丸星をぎっしり並べていくのさ」

越後の片貝《かたかい》地方に伝わる打ちあげ花火の嚆矢《こうし》は、享和《きょうわ》年間に遡《さかのぼ》るという。観音堂の再建や開帳にともなう祭礼で当初は二寸玉や三寸玉が打ちあげられ、文化《ぶんか》年間には七寸玉五十発が一気に打ちあげられた記録もある。

おきくの父親は腕の良い花火師であったが、火薬の暴発で指を失ってから酒に溺《おぼ》れるようになった。そして酒が原因で亡くなり、暮らしの立ちゆかなくなった母親は十のおきくを女衒《ぜげん》に売った。

「あたしは時雨《しぐれ》の降る菊月に生まれた。おとっつあんはあたしのために、二寸玉をこさえてくれたんだ」

形見の打ちあげ花火はまだ、夜空に菊の花を咲かせていない。

「いつか打ちあげてみたい」

おきくはそう言ったが、二寸玉の火薬は疾《と》うにしけてしまったことだろう。

雨は激しく屋根を叩《たた》き、川は濁流となって暴れていた。

木賃宿の親爺が新たな客を連れてくる気配はない。

三

午刻が近づいても、外に出た三人は戻ってこない。

「あのふたり、ずいぶんと遅《おせ》えなあ」

佐平次は悋気《りんき》まじりに吐きすて、よっこらしょと腰をあげた。

鷹匠とおぎんが申しあわせ、馬小屋かどこかで逢い引きをしているとでも勘ぐったのか。

「ちょいと様子をみてくらあ」

言ったそばから、雨具もつけずに飛びだしていく。

「くそ、あの野郎。調子に乗りやがって」

佐平次がいなくなった途端、太物屋と手代が悪態を吐いた。

ふたりは博打で負けつづけ、佐平次にかなりの金を巻きあげられたのだ。

太物屋の名は仙吉《せんきち》、手代の名は喜助《きすけ》というらしい。

しばらくして、おぎんが襟元を押さえながら、澄まし顔で戻ってきた。

太物屋の仙吉が声を掛ける。

「あれ、おぎんさんかい。おまえさんのことを佐平次さんが捜しにいったよ」

「おや、とんだ行き違いだったねえ」

発したそばから、当の佐平次がずぶ濡れの恰好《かっこう》で駈けこんでくる。

「……て、てえへんだ。若侍が……こ、殺された」

一同の目が佐平次に集まり、藩士の新妻が声を震わせた。

「まさか……こ、幸三郎《こうざぶろう》さまが」

「可哀相に、背中をばっさり斬《き》られてらあ」

「嘘《うそ》です」

「嘘じゃねえ。水車小屋で死んじまってるよ」

「案内してください」

新妻はふらつきながらも、立ちあがった。

どうにも、目つきが尋常ではない。

般若《はんにゃ》だなと、八郎兵衛はおもった。

大部屋に淀《よど》んだ空気が流れ、隣のおきくが息苦しそうに胸を押さえた。

漆喰《しっくい》の壁にもたれた人形師だけは瞬きもせず、般若の顔をみつめている。

新妻は妖術にでもかけられたかのように、上がり框《かまち》のほうへ向かった。

ちょうどそこへ、鷹匠の相楽が木賃宿の親爺をともなってあらわれた。

「うおっ、この野郎。てめえが下手人だな」

佐平次は吼《ほ》えあげ、撲《なぐ》りかかったものの、鷹匠に易々《やすやす》と躱《かわ》された。

「落ちつけ、なにを血迷っておる。いったい、なんの言いがかりだ」

「とぼけるんじゃねえ。てめえが若侍を殺《や》ったんだろうが」

「なんだと」

佐平次が水車小屋の件を告げると、親爺のほうが仰天した。

「こいつはまずいことになりましたぞ。でも、佐平次さん、手前は相楽さまと今の今まで川岸を歩いておったのですよ。川役人の小《こ》沼誠吾《ぬませいご》さまもごいっしょに」

「なんで川岸なんかを」

「見廻りです。下手《へた》をすれば、土手が決壊しかねない情況でしてね」

「なにっ」

事態はかなり深刻だった。

土手が決壊すれば、川岸一帯は流されてしまいかねない。

「この宿も危うい」

「ほんとかよ」

佐平次は唾を吐き、おぎんのほうへ向きなおった。

「おい、てめえはどこをほっつき歩いてた」

「聞き捨てならない物言いだねえ。あたしが下手人だってのかい」

「そうは言ってねえ。けどよ、この土砂降りんなかを二刻ちかくも消えてるってのは臭《くせ》えじゃねえか、お」

「あたしにゃあたしの事情があんだよ、あんたになんか言うもんかい」

ふたりの口論がつづくなか、突如、新妻が板間にくずおれた。

「うえっ、舌を嚙みやがった」

太物屋が叫んだ。

八郎兵衛は駆けより、新妻の口に手を突っこむ。

喉奥《のど》へ引っこんだ舌を摑もうとしたが、すでに遅かった。

「ぐえぼ、ごぼごぼ」

大量の血で気管が塞《ふさ》がり、新妻は息を詰まらせた。

白目を剝《む》いて血泡を吹き、のたうつように痙攣《けいれん》を繰りかえす。

血溜まりのなかには、嚙みちぎられた舌が落ちていた。

人形師以外は呆気《あっけ》にとられたまま、陰惨な光景から目を逸《そ》らすことができない。

「ひえっ」

親爺が悲鳴をあげた。

新妻がこときれたのだ。

「親爺、宿帳をみせてみろ」

「へ、へえ」

八郎兵衛の迫力に圧倒され、親爺は素直に宿帳を差しだした。

綴《つづ》られた内容によれば、背中をひと太刀《たち》で斬られた藩士の姓名は稲本《いなもと》幸三郎、舌を嚙んで命を絶った妻は蓮《れん》というらしい。

行李の中身を調べてみると、油紙で厳重に包まれた一枚の訴状が出てきた。

宛名は忍藩の江戸家老である。

内容を吟味すると、忍藩特産の足袋《たび》生産に絡《から》んで藩の勘定方と御用商人が結託し、不正な行為をおこなって私腹を肥やしてきた経緯《いきさつ》が連綿と綴られていた。

稲本幸三郎は江戸家老の密命を受けて城下へ潜入し、不正の事実を摑んだ。ところが、敵に素姓を知られた。敵は稲本の江戸行きを阻むべく腕利きの刺客を放ち、刺客は見事に目途を遂げたのだ。

訴状の中身と照らしあわせれば、おおよそ、そうした筋書きになろう。

八郎兵衛は、鷹匠が宿にあらわれたときのことをおもいだした。

藩士夫婦はあきらかに、敵意の籠もった眼差しを鷹匠に向けていた。

あれはおそらく、未知の追っ手にたいする警戒心から発せられたものだったにちがいない。

稲本は鷹匠の素姓を探るべく、雨のなかを水車小屋へむかったのだ。

が、予期せぬ待ちぶせに遭い、何者かに背中を斬られた。

水車小屋に川役人は詰めていなかった。

小沼誠吾なる川役人は、鷹匠の相楽甚内といっしょに土手の見廻りへ向かったあとだった。

泊まり客ではない者が木賃宿を監視し、さきまわりをして水車小屋に隠れていたのだろうか。

そうでなければ稲本を殺害したのは、おぎんか佐平次ということになる。

あるいは、すべての出来事がなんらかの目途のために仕組まれた罠《わな》なのか。

日没となっても、雨は降りつづいた。

若妻の遺体は片づけられたが、異臭は消えずに残っている。

侍が殺されたというのに、役人はひとりも木賃宿にあらわれない。

「妙じゃねえか」

佐平次だけがひとり、神経を高ぶらせていた。

「ここにいる連中は、みんな妙ちくりんだぜ。どいつもこいつも平気の平左って面《つら》じゃねえか。板間で女が舌を嚙みきったってのによ。おぎん、てめえは女だろう。我慢できんのか」

「うるさいねえ。嫌なら蕨でもどこでも行っちまいな」

「冗談じゃねえ。こうなったら下手人があがるまで居座ってやるかんな。おいらはこうみえても、浅草じゃちょいと知られた男だ。香具師の佐平次さまを嘗《な》めんなよ」

「ふん、口先だけの空威《から》張り野郎が」

「あんだと」

ふたりの口論は果てるともなくつづいた。

八郎兵衛は雨音を聞きながら、さらなる惨劇の予兆を察していた。

四

夜更けとなり、鷹匠の相楽甚内が秘かに大部屋を抜けだし、これを追うかのように人形師もすがたを消した。

薄明、刺客の刃《やいば》は八郎兵衛とおきくに向けられた。

ふたりの男が跫音を忍ばせて近寄り、九寸五分《くすんごぶ》を抜いたのだ。

ひとりは太物屋の仙吉、もうひとりは廻船問屋の手代を名乗る喜助である。

ふたりとも、あきらかに形相が変わっていた。

おきくはすぐに気づいたが、悲鳴をあげられない。

八郎兵衛は夜具を蹴飛《けと》ばし、蛙《かえる》のように跳ねおきた。

「死にさらせ」

やにわに、仙吉が刃筋を立てて斬りこんでくる。

仙吉の血走った眼球を狙《ねら》い、八郎兵衛は二本の指を突きだした。

「ういっ」

節榑《ふしくれ》立った指が、むぎゅっと眼窩《がんか》へもぐりこむ。

「……ぎ、ぎえええ」

仙吉は両手で顔面を押さえ、板間を転げまわった。

囲炉裏の熾火《おきび》が弾け、濛々《もうもう》と灰が舞いあがる。

八郎兵衛は横に飛び、おきくに襲いかかった喜助の襟首を摑んだ。

仰向けに引きたおすや、顔面へ踵《かかと》を落とす。

「うぐっ」

ひとたまりもない。

喜助は目鼻を陥没させ、動かなくなった。

「ぬおっ」

目を奪われた仙吉が、血だらけの顔で闇雲《やみくも》に斬りかかってくる。

八郎兵衛は手首を取って床に引きずりたおし、正拳突きで喉仏を叩きつぶした。

「こんちくしょう、下手打ちやがって」

おぎんが捨て台詞《ぜりふ》を残し、だっと外へ飛びだしていく。

居残った香具師の佐平次は、暗闇のなかで顎《あご》をわなわな震わせていた。

どうやら、佐平次だけが悪党の投網《とあみ》に迷いこんだ旅人であったらしい。

八郎兵衛は愛刀の国広を腰に差し、おきくに言いはなった。

「わしは水車小屋へ行く。ここで待っておれ」

おきくは脅《おび》える様子もなく、しっかりとうなずいてみせる。

雨粒を弾いて駈けに駈け、八郎兵衛は水車小屋へやってきた。

濁流は勢いを増し、いましも土手は決壊しそうだ。

朽ちかけた木戸を蹴破り、小屋のなかへ躍りこむ。

「どせい」

側面に白刃が閃《ひらめ》き、月代《さかやき》頭が上段から斬りこんできた。

刃風が鬢《びん》を削る。

八郎兵衛も抜いた。

薙《な》ぎあげて相手の白刃を弾き、弾いたそばから袈裟《けさ》懸《が》けに斬りさげる。

「うぐっ」

赤い飛沫《しぶき》が壁を濡らした。

月代侍は首筋を断たれ、がくっと膝《ひざ》を屈する。

「はおっ」

つぎの瞬間、天井の梁《はり》から別の男が襲いかかってきた。

「ふん」

八郎兵衛は咄嗟《とつさ》に、国広を旋回させる。

男は落下しながら胴を輪切りにされ、あたり一面に臓物をぶちまけた。

猿のように身軽な男は、なんと木賃宿の親爺だった。

戸口で死んでいる月代頭は、小沼誠吾とかいう川役人にまちがいない。

正体はいずれも刺客。

八郎兵衛を油断させるべく、各々《おのおの》の役割を演じていたのだ。

が、ふたりとも雑魚《ざこ》にすぎない。

「くはは、さすがは伊坂八郎兵衛。噂《うわさ》どおりの腕前じゃのう」

奥の暗がりから、肩幅のひろい男が抜けだしてきた。

「真打《しんう》ちの登場か」

相楽甚内である。

もはや、この男も紀州藩お抱えの鷹匠などではあり得ない。

相楽の背中には、おぎんが隠れている。

八郎兵衛はぶんと血を切り、本身を鞘《さや》に納めた。

「おぬしらの狙いは、わしか」

「さよう。すべてはうぬを誘いだすための手管《てくだ》よ」

「まわりくどいことをしよって。おぬしが忍藩の若侍を斬ったのか」

「あの莫迦、自分が狙われたと勘違いしおったのさ。忍藩のごたごたなんぞに興味はないわ。どのみち、若僧は死ぬ運命にあった」

「無体《むたい》なことを」

「ぬほほ、うぬのごとき人斬りに言われたかないわ」

相楽は五体に満々たる自信を漲《みなぎ》らせ、素早く襷《たすき》掛けをしてみせた。

おぎんは唇《くち》もとに笑みを湛《たた》え、蓮《はす》っ葉な物言いをする。

「こちらの旦那は手強《てごわ》いよ。あんたとおんなじ居合抜きの達人さ」

八郎兵衛は、相楽の腰にある大刀に注目した。

刃長で三尺二寸はある。国広より八寸も長い。

「それだけの物干し竿《ざお》を抜くとなると、夢想流《むそうりゅう》の卍《まんじ》抜けか、景流《かげりゅう》の抜刀術か、どちらかであろうよ」

「ようわかっておるではないか。されば、死んでもらおうかの」

相楽はすっと身を沈めるや、滑るように足をはこんだ。

左手で黒鞘を握り、真正面から死線を踏みこえてくる。

鬼のような形相が眼前に迫った。

「死ね」

相楽は本身ではなく、黒鞘ごと真上に引きあげた。

右手で柄を握り、鯉口《こいぐち》を切ると同時に、左手で敏速に黒鞘を引きもどす。

鞘離れの瞬間、氷柱《つらら》のような白刃が閃いた。

やはり、卍抜けか。

看破しつつ、八郎兵衛も抜いている。

「ぬおっ」

「とあっ」

両者は一分《いちぶ》の隙《すき》もみせず、たがいに大上段から白刃を斬りおろす。

──ぶおん。

刃風が唸《うな》った。

ふた振りの本身は交わることもなく、峻烈《しゅんれつ》な弧を描く。

剣の力量が同等ならば、刃長八寸の差が生死を分かつ。

赤子にもわかる道理も、八郎兵衛には通用しない。

「ぐひぇっ」

相楽は頭蓋《ずがい》を割られていた。

一方、長尺の切っ先は、八郎兵衛の胸を浅く裂いたにすぎない。

力量の差は紙一重、相楽を死に至らしめたのは慢心だった。

おぎんが身をひるがえし、小屋の裏手から脱兎《だっと》のごとく逃げだす。

「追わぬわ。勝手にさらせ」

鍔《つば》鳴りも鮮やかに国広を納めるや、耳をつんざくような悲鳴があがった。

五

裏手からのっそりあらわれたのは、人形師であった。

頬に返り血を浴び、手にはおぎんの生首をぶらさげている。

血の滴《したた》った生首をみやれば、狐《きつね》につままれたような顔をしていた。

「みてみねえ。まるで菊人形のようじゃねえか、なあ。浅草は黒船町《くろふねちょう》の雨だれおぎんも、こうなっちゃ仕舞《しめ》えだぜ」

「黒船町だと」

「そうよ、おぎんは女掏摸《すり》さ。霞の丑松にでっけえ借りがあってな、太物屋と手代に化けた間抜けな乾分《こぶん》を連れ、おめえさんの首を狙っていたのよ。おもったとおり、しくじりやがったぜ。半端者の腕じゃ伊坂八郎兵衛の首は獲れやしねえさ。霞四天王の三人までを葬った狂犬だからな。がよ、こいつらは別だとおもっていたぜ」

人形師は喋りながら歩みより、土間に転がる相楽甚内の屍骸《むくろ》を蹴った。

「この男は腕っこきの隠密目付よ。相打ちになるものと踏んでいたが、おめえさんはいとも簡単に殺りやがった……でな、おれもついに腹あ決めたってわけだ。おめえさんといっしょに丑松を葬ってやろうとな」

「ふん、好き勝手なことを抜かしよる。おぬしは何者だ」

「おれか。へへ、霞四天王最後のひとり、くぐつ三太夫《さんだゆう》さ」

「なんだと」

八郎兵衛は身構え、右手を柄に添えた。

「おっと、待ちねえ。おめえさんのことは疾《と》うのむかしに先方へ知れてるぜ。丑松は板橋上《かみ》宿に七曲《ななま》がりの罠を仕掛け、手ぐすねを引いてらあ。罠をかいくぐるにゃ、おれの助《す》けがいる」

「助けなどいらぬわ」

「へっ、敵の頭数は百を優に超えてんだぜ。そいつらがみいんな、おめえさんの首を狙っている」

　数を聞いて、八郎兵衛もさすがに驚いた。

　しかも、相手は霞の一味だけではないらしい。

「死神のやつがな、道中奉行を動かしたのよ」

　と、三太夫は声を落とす。

　おもわず、八郎兵衛は膝を乗りだした。

「死神の正体を知っておるのか」

「おれは四天王の筆頭よ。てえげえのことは知ってるさ。いいか、聞いて驚くなよ。影目付支配の蟇目《ひきめ》半之丞《はんのじょう》、そいつが死神の正体さ」

「なんだと」

　影目付の噂ならば、八郎兵衛も耳にしたことがある。

　幕政に不満を持つ不埒《ふらち》な旗本や御家人《ごけにん》を人知れず始末する。

　それが役目らしいのだが、存在すら疑われていた得体の知れない連中だった。

「おめえさんが魚沼《うおぬま》で斬りすてた甘利左門も、そこに転がってる相楽甚内も、みんな蟇目の配下さ。恐ろしい男だぜ。蟇目は丑松を裏で操り、さんざん悪事をはたらかせてきた。もちろん、金のためさ」

恐懼《きょうく》すべき暗殺集団は実在し、悪名高い荒稼ぎの親玉と手を結んでいた。となれば、霞小僧を捕まえるのは至難の業《わざ》、町奉行所の元同心風情がどれだけ必死になろうがかなう相手ではない。

三太夫は、どすの利いた口調でつづける。

「それだけじゃねえ。蟇目は勘定奉行の橘《たちばな》将監《しょうげん》ともつるんでいやがる。橘は道中奉行も兼ねてっからな、おのれの裁量で街道筋に捕方をいくらでも手配できるのよ」

「むう」

八郎兵衛は唸った。

敵の強大さは、想像を遥《はる》かに超えている。

「いいかい、よく聞きな。この雨で川止めになってんのは荒川だけじゃねえ。おめえさんは知らねえだろうが、石神井川《しゃくじい》も川止めになってんだぜ」

あっと、八郎兵衛は胸に叫んだ。

南北に五十有余の旅籠が軒を連ねる板橋宿は、江戸にむかって、上宿、中宿《なか》、平尾《ひらお》宿の三宿からなっている。石神井川は上宿と中宿のあいだを流れており、渡河不能となれば上宿は完全に孤立する。

「敵の狙いはそこさ。道中奉行配下の捕方どもが街道筋を押さえ、蟻《あり》一匹通さねえ腹でいやがる。丑松の好きにさせるためになあ」

「わからん」

「なにがよ」

「浪人一匹を狩るために、なぜ、そこまでやらねばならぬ」

「おめえさんが、南町の虎と呼ばれた男だからさ」

「わしは、ただの野良犬だ」

「ああ、そうかもしれねえ。だがな、あの丑松がびびっていやがるんだぜ。丑松だけじゃねえ。影目付の蟇目も勘定奉行の橘も色めきたっていやがるのさ。もちろん、ただの野良犬なら恐《こわ》かねえ。おめえさんが町奉行と繫がっているんじゃねえかと、やつらは勘ぐっているのさ」

「わしが町奉行と」

「ちがうのかい」

「とんだ勘違いだな」

「橘が恐れている相手は、おんなじ勘定奉行の遠山景元《とおやまかげもと》さ。なかなかどうして、遠山ってのは切れ者らしくてな、北町奉行への出世が決まったのよ」

町奉行就任に花を添えるべく、遠山は霞小僧を一網打尽にしようと狙っている。

——凄腕《すごうで》の元同心に密命を下し、首魁の丑松を打たせようとしている。

そんな噂も流れた。

「橘ってのは、存外に肝の小せえ野郎でな、噂をまともに受けとった。伊坂八郎兵衛を江戸に一歩も入れちゃならねえ。そうやって息巻くや、影目付の蟇目に頼んで罠を仕掛けさせたのよ」

「ほほう、そいつはおもしろい」

「おめえさんが遠山景元の手下だろうがなんだろうが、おれにとっちゃどうでもいいこった」

「ならば訊こう。おぬしがそこまでして丑松を葬りたい理由は」

「分け前で揉めたのよ。おれは丑松に裏切られた。ところが、こっちが裏切り者にされちまってなあ、おめえさんやおきく同様、命を狙われているってわけよ。逃げまわるのにほとほと疲れちまった。どうせなら、丑松と刺しちがえてやろうとおもってんのさ」

「そんな与太話を信じろと」

「信じる信じねえは勝手さ。がよ、おれを頼らなきゃ、おめえさんに勝ち目はねえ。まずはやつらの裏を掻き、夜の明けきらねえうちに荒川を渡るってのはどうだい」

「莫迦を抜かせ。どうやって濁流を渡りきる」

「へへ、従《つ》いてきな」

くぐつの異名をとる三太夫は不敵に笑い、手にしたおぎんの首を無造作に抛《ほう》りなげた。

六

轟々《ごうごう》と濁流が音を起てている。

対岸まで六十間は軽く超えていよう。

雨が斜めに降りしきるなか、川面《かわも》にはぴんと張った二本の綱が渡されていた。汀《みぎわ》には人ひとりが座りこめる程度の丸い桶《おけ》が浮かべられ、二本の綱に四ヶ所で繋がっている。

桶は滑車によって綱を移動する仕組みになっていた。

三太夫が川止めを予測し、従前から仕掛けておいたのだ。

これならいけるかもしれぬと、八郎兵衛はおもった。

三太夫は川縁《かわべり》へ近づき、ぐいぐい綱を引っぱっている。

「初手《しょて》はおれが自力で渡る。向こう岸へたどりついたら空の桶をもどす。つぎはおめえさんの番だ。おれが向こうから綱を引っぱりゃ、楽にたどりつけるぜ」

「なるほどな」

「渡ったら綱を切る。背水の陣ってやつさ。わかるかい、こいつは三途《さんず》の川だ。川を渡りゃ待ったなしの修羅場が待ちかまえている」

三太夫は雨に霞む対岸を睨み、自嘲《じちょう》するように笑う。

「ふっ、十中八九は死ぬだろうさ。だがな、ここで渡らにゃ生涯、逃げまわらなきゃならねえ……さあ、どうする。おめえさんに渡る気があるんなら、つきあうぜ」

「訊かれるまでもない」

「よし、決まりだ。おめえさんの悪運に賭けてみようじゃねえか」

「ちょっと待て。ひとつ条件がある」

「なんだ」

「おきくを連れていく」

「ちっ、足手まといになるだけだ。捨てちまいな」

「譲れぬ。おきくのために丑松を殺りにいくのだ」

「へえ、女のために命を投げだすってのかい。そんな二本差しは見たことも聞いたこともねえや。気に入ったぜ。よし、おきくも渡らせようじゃねえか、なあ」

ふたりの会話が聞こえたのか、道中姿のおきくが土手にあらわれた。

香具師の佐平次も、なぜか隣に佇《たたず》んでいる。

「おい人形師、おいらも連れていけ」

佐平次は、鼻の穴をおっぴろげて怒鳴った。

「おいらはもう我慢できねえ。川のこっちにいるのがよ」

「川向こうは地獄だぜ。へへ、渡りゃ命はねえ」

せせら笑う三太夫に向かい、佐平次は嚙みついた。

「死にゃしねえ。おいらは悪運が強《つえ》えんだ。詳しい事情はわからねえがよ、何かの役には立ってやるぜ」

「おめえにいってえ何ができる」

「足にゃ自信があるんだ。仲間うちじゃ韋駄天《いだてん》で通ってるかんな」

「韋駄天か。なら、矢弾の盾《たて》くれえにゃなるかもな。よし、従いてきな。ただし、あとで泣き言は聞かねえぞ」

「わかってるよ」

「ひとつだけ忠告しておく。おめえが邪魔になったら、消すぜ」

「あんだよ、恐え顔しやがって」

「舌あ噛みきった若妻をおもいだしな」

「あっ」

佐平次とおきくは仰天したが、八郎兵衛は薄々勘づいていた。

くぐつ三太夫は、不可思議な術を使う。

蓮という若妻はあのとき、催眠術をかけられていた。

三太夫が死にみちびいたのだ。

「あの女はどうせ舌を噛んでいたさ。おれがちょいと手伝ってやっただけのことだ」

「この腐れ人形師めが」

「ほう、佐平次よ、そうした態度に出るんかい。だったら、おめえは木賃宿に居残るしかねえな」

「くそっ、こうなりゃ意地でも従いていくぜ」

雨は降りつづいているが、東涯は明るくなりつつある。

もはや、うしろを振りかえっているときではない。

三太夫は小さな桶に乗りこみ、巧みな手捌《てさば》きで荒川を渡りはじめた。

桶は木葉のように心もとなく、ともすれば濁流に呑まれかけたが、ぴんと張られた命綱のおかげで徐々に遠ざかっていった。
そして、なんとか対岸へたどりついた。
豆粒大の三太夫が手を振り、空の桶がするするもどされてくる。
つぎは佐平次の番だ。
「ここが地獄のとばぐちらしいぜ。おさきに」
三太夫が向こう岸から綱を引き、さきほどよりも順調に桶は進んだ。
佐平次も無事に渡りきると、また空の桶がもどってきた。
最後は八郎兵衛とおきくの番だ。
まずは八郎兵衛が桶に乗りこみ、おきくをこちら向きで膝に乗せる。
ぎぎっと滑車が軋《きし》みだすと、おきくの脅《おび》えが伝わってきた。
「大丈夫、死ぬときはいっしょだ」
自分でも首をかしげたくなるような台詞《せりふ》が、八郎兵衛の口を衝《つ》いて出る。
桶は濁流に揉まれ、左右におおきく揺れながら進んだ。
それにしても、なぜ、こうまでして対岸へ渡らねばならぬのか。
たどりついたさきが修羅場と知りながら、死に急ぐのはなぜか。
三太夫には「おきくのため」と告げたが、まことの理由はわからない。

ただ、丑松という悪党の顔を拝んでみたいだけかもしれなかった。

あるいは、死神と恐懼される蟇目半之丞に対峙《たいじ》することで、南町の虎と呼ばれていたころの矜持《きょうじ》をとりもどしたいのかもしれない。

「……お、お……まえさ……ん」

誰かに呼ばれたような気がして、八郎兵衛はわれにかえった。

おきくが胸にしがみつき、濡れた瞳でみつめている。

「おきく、今、喋ったのか」

八郎兵衛は顔を紅潮させ、おきくの肩を揺さぶった。

「喋ったんだな。おい、そうなんだな」

ふいごのように喉をぜいぜいさせながら、おきくは懸命に口を動かす。

「……あ、ありが……とう」

濁流が微《かす》かな声を呑みこんでいった。

抱きあったふたりを乗せた桶は、揺れながら川面を滑っていく。

「おうい、がんばれ」

佐平次の励ましが聞こえてきた。

対岸はすぐそこだ。

もはや、後もどりはできない。

八郎兵衛は、ぎゅっと丹唇《くちびる》を引きむすんだ。

七

荒川を渡った四人は志村《しむら》を越え、蓮沼《はすぬま》村の一角にある無人の荒れ寺に滞留しながら敵の動静を探った。

斥候におもむいた三太夫が帰ってきたのは、午過《ひるす》ぎのことだ。

八郎兵衛と佐平次はおきくのつくった五分粥《がゆ》で腹を充《み》たし、焦《じ》れるようなおもいで待ちかまえていた。

「おもったとおり、石神井川の橋は流されちまったらしい」

川幅は荒川の半分にも満たないが、石神井川も三日前から川止めがつづいていた。

そのため、南北に細長い板橋宿は分断され、上宿だけが北に孤立した情況になっている。

三太夫は図面をとりだし、詳しく説明しはじめた。

「五町ほどさきの三里塚を越えれば宿場の棒鼻だ。上宿は二町ほどつづく。どんつきは石神井川、川向こうにゃ道中奉行の捕方どもが関《せき》を築いていやがる」

「関だと」

「そうさ。丸木の柵《さく》で囲んだ頑丈な代物だぜ。それも一ヶ所だけじゃねえ」

川を渡って左手には、十万坪余りの加賀藩下屋敷がある。

関は川縁のみならず、加賀藩邸脇の東光寺《とうこうじ》対面にも設けられ、雑司《ぞうし》ヶ谷《がや》への抜け道を塞《ふさ》いでいた。

さらに平尾宿の庚申塚《こうしんづか》あたりにも設けられ、左手の王子《おうじ》稲荷《いなり》道、右手の大塚波切不動堂《おおつかなみきりふどう》へ繋がる脇道をも塞いでいるという。

尋常な警戒の仕方ではない。

「それもこれも、おめえさんひとりを狩るためなんだぜ」

三太夫のはなしは、懇意《こんい》にしている飯盛女などから仕入れたものらしい。

「それで、上宿の住人はどうした」

「蛻《もぬけ》の殻だよ。道中奉行のお達しとやらで、ほとんどは中宿と平尾宿へ追んだされちまった。川を渡りそこねた連中だけが、蓮沼村の寺社へ集まっている。上宿にゃ悪党しかいねえよ」

「むしろ、好都合だな。丑松はどこにおる」

八郎兵衛は膝を打った。

「たぶんここさ。脇本陣だ」

図面に記された朱の×印を覗きこみ、八郎兵衛は膝を打った。

「よし、殴りこむぞ」

「待ってくれ。そう簡単にゃいかねえ」

棒鼻から脇本陣までは約一町、往還には馬防柵が設けられている。

しかも、互い違いに七ヶ所も続き、各々の柵には十余名ずつの乾分が配され、弓鉄《てっ》炮《ぽう》を携えた輩《やから》まで控えていると、三太夫は溜息を吐く。

「こいつが七曲がりの罠よ。柵を潰さねえことにゃ丑松の足許までたどりつけねえ。それに、影目付の動きが皆目わからねえのも気になる。やつらはきっと、どこかに潜んでいるにちげえねえ」

「夜を待つか」

「ああ、それしかねえな」

闇に紛れて忍びより、三太夫がまず柵の連中を脅しつける。

混乱に乗じて、八郎兵衛が一町の道程を脇目も振らずに突っ走る。

「それっきゃねえ」

佐平次が横から口を挟んだ。

「人形師の旦那よ。おいらはどうすりゃいい」

「おめえか、そうだな。囮《おとり》になって伊坂八郎兵衛のめえを走るってのはどうだ」

「まっぴらごめんだぜ」

「だったら、おめえの使い道はねえ。消えな」

三太夫は、しゅっと匕首《あいくち》を抜いた。

「ひぇっ」

喉仏に刃をあてがわれ、佐平次は固まる。

三太夫は口端を吊りあげ、ふっと笑みを漏らした。

「あと半日ある。おめえの使い道はじっくり考えてやるさ」

「けっ、脅すない」

「こいつは脅しじゃねえ。いいか佐平次、いざというときにびびるようなら、喉笛を掻っきってやるかんな」

「わかったよ」

夕刻になって空はいっそう暗くなり、荒れ寺の瓦《かわら》を飛ばすほどの強風が吹きはじめた。

三太夫は斥候に向かうと告げ、風雨のなかに消えていった。

「こらあ、どう考えても野分の風だあ」

佐平次は喜々として、境内に下りたった。

「なにやら、からだが熱くなってきやがったぜ。ふぉおお」

びしょ濡れのまま、意味もなく叫んでいる。

八郎兵衛は風の咆哮《ほうこう》を聞きながら、天に感謝したい気分だった。

風雨が烈《はげ》しくなればそれだけ、飛び道具は使いづらくなる。七曲がりの罠を突破できる公算も大きくなる。

颶風《ぐふう》となって走りぬけ、かならずや、丑松の首を刎《は》ねてくれよう。

八郎兵衛の意志が通じたのか、目のまえに座るおきくが拳《こぶし》をぎゅっと握りしめた。

奇蹟《きせき》はふたたび起こらず、おきくはまた声を失った。

それどころか、たった半日で急に痩せほそったようにみえる。

「ん、抱いてほしいのか」

これが今生《こんじょう》の別れになるかもしれない。

ならば、死ぬまえにもういちどだけ抱いてほしい。

熱い眼差しで訴えかけられ、八郎兵衛はたじろいだ。

おきくは膝で躙《にじ》りより、みずから帯を解きはじめる。

「よしっ」

八郎兵衛は覚悟を決めた。

濡れた着物を剝ぎとり、たがいに一糸纏《まと》わぬ裸体となる。

おきくを抱きよせ、氷のように冷たい肌を隈無《くまな》くさすってやった。

粟粒《あわつぶ》立った白い肌が徐々に暖かみをとりもどし、桜色に上気する。

八郎兵衛はおきくを抱きよせた。

伽藍《がらん》に冷たい風が吹きぬけても、いっこうに寒さを感じない。

抱きあったふたりの様子を、佐平次が柱の陰から覗いている。

八郎兵衛は怒声を発した。

「出てこい、佐平次」

「へっ」

「そこに座って、じっくり眺めておれ」

おきくの尻を鷲《わし》摑み、八郎兵衛は佐平次を睨みつける。

「この女はわしに望みを賭けた。女の望みをかなえるために、わしは悪党どもを叩っ斬る。八方塞がりの闇のなか、わしらは修羅場に立たされた男と女だ。そいつらがどうやって睦《むつ》みあうのか、目ん玉あけてようくみておけ」

「へ、へい」
佐平次はきちんと座りなおし、襟を正してみせる。
おきくの背中は汗みずくとなり、神々しいまでの光沢を放っていた。
八郎兵衛は吽形《うんぎょう》の仁王のように口を曲げ、おきくを妙適にみちびいていく。
佐平次は石のように動かず、息をするのも忘れていた。
やがて、荒れ寺は薄闇に包まれた。
男と女は死に急ぐように睦みあい、いつまでも離れようとしなかった。

八

八郎兵衛は、三里塚に立つ榎木《えのき》の陰に隠れている。
おきくは荒れ寺に残してきた。
佐平次は胸をぽんと叩き、奥方のことはおいらに任してくれと吐いた。
そのことばを信用するしかない。
亥《い》ノ刻を過ぎたころ、乾いた筒音が聞こえてきた。
三太夫が術をつかい、丑松の乾分どもを混乱の坩堝《るつぼ》に陥れたのだ。

八郎兵衛は榎木の陰から飛びだすや、颶風となって駈けだした。
正面の往還には無数の松明《たいまつ》が揺れ、火の玉が右往左往している。
風は弱まる気配もない。
「もっと吹け、吹きまくれ」
呪文《じゅもん》のように唱えつつ、七曲がりの鰐口《わにぐち》へ突っこんでいく。
「うわっ、きたぞ」
うろたえた雑魚どもが騒ぎたて、てんでんばらばらに逃げだした。
八郎兵衛は国広を抜くこともなく、三つ目の柵まで擦りぬける。
四番柵は右斜め前方にあった。
高さは二間、堅固な壁だ。
随所に狭間《さま》が刳《く》りぬかれていた。
不穏な空気を察し、八郎兵衛は地に伏せる。
——びゅん、びゅん。
矢音が聞こえた。
矢箭《やせん》の束が頭皮を剝がすほどの勢いで飛びさった。
「うぎゃっ」

背後の追っ手に隙間なく矢が刺さる。

「やめろ、阿呆。同士討ちになるぞ」

と、怒声があがった。

間隙《かんげき》を逃さず、八郎兵衛は跳ねおきた。

「やっ」

抜き際の峻烈な一撃で柵の丸木をぶったぎる。

「ぐひぇえ」

柵向こうの男も袈裟懸けに斬られ、断末魔の悲鳴をあげた。

「うわああ」

喧嘩《けんか》装束の男どもが、段平《だんびら》を掲げて殺到してくる。

嵐のような喚《わめ》きが轟《とどろ》くなか、八郎兵衛は三人を斬りすてた。

「ひぇっ、助けてくれ」

雑魚どもは腰を抜かし、尻をみせて逃げだす。

これを追う余裕はない。

後ろもみずに駈けだすと、左斜め前方にぱっと白煙があがった。

五番柵の鉄炮狭間だ。

──びしゅっ。

鉛弾が頬を掠《かす》める。

「うえっ、やめろ、撃つな」

背中に追いすがる雑魚どもが、つぎつぎに斃《たお》れていった。

しかし、筒音は止《とど》まるところを知らない。

「くりゃ……っ」

八郎兵衛は、敢然と土を蹴った。

並外れた跳躍力で柵を飛びこえ、真上から鉄炮組に斬りかかる。

「ふえっ」

柵にしがみついた男どもは、木を切るように薙ぎたおされた。

胴や首を斬られた屍骸が、あたり一面に鮮血をぶちまける。

鮮血は雨に流され、地面の水溜まりを赤く染めた。

「ぬおおお」

八郎兵衛は右手一本で白刃を翳《かざ》し、六番柵をめざす。

横殴りの雨を弾きながら、死に物狂いで駈けだした。

──ぱんぱん、ぱんぱん。

筒音が響いた。
矢音とともに、矢箭も飛んでくる。
矢弾は八郎兵衛に掠りもしない。
鬼神が憑依《ひょうい》したかのごとくであった。
まっすぐに駈けぬけ、六番柵を討ちやぶる。
「うへっ」
逃げまどう雑魚どもを追いかけ、束に纏《まと》めて血祭りにあげた。
兇悪な霞の一党にしたところで、人並みの恐怖心は持ちあわせている。
八郎兵衛の剣戟《けんげき》を目《ま》の当たりにするや、段平を捨てて遁走《とんそう》しはじめた。
最後の七番柵が目睫《もくしょう》に迫った。
浪人風体の男どもが、ぱらぱら躍りだしてくる。
三人だ。
丑松に雇われた用心棒どもか。
少しは歯ごたえのある連中にちがいない。
「とあっ」
ひとりが上段から斬りかかってくる。

水をも漏らさぬ勢いで雁金《かりがね》に薙ぎ、ふたり目は素首を刎ねた。
返り血をかいくぐり、三人目の頭蓋を双手《もろて》豪撃《こわうち》の一撃で断つ。
刀を鞘に納めるや、三人はどっと地面にもんどりうった。
「ふほう」
八郎兵衛は仁王立ちになり、深々と息を吐く。
七番柵へ近づくと、新たにふたりの浪人が飛びだしてきた。
「そい」
青眼の構えから、二段突きが伸びてくる。
これを躱しつつ、小手《こて》をすぱっと斬りおとす。
「ぎゃっ」
流れるような足捌きで体を捻り、もうひとつの首筋を断った。
しゅっと血飛沫がほとばしり、八郎兵衛の鬢を真っ赤に染める。
前歯を剝いて首を捻り、飛びださんばかりに双眸《そうぼう》を開いた。
もはや、人ではない。
鬼神であった。
遠巻きに眺める雑魚どもは、凍りついたように動かない。

突風が吹きぬけ、七番柵が音を起てて倒壊した。

脇本陣のほうから、嗄れた声が聞こえてくる。

「ふへへ、やったな。さすがは伊坂八郎兵衛だぜ」

声の主は三太夫にまちがいない。

八郎兵衛は脇本陣の敷居をまたいだ。

「ちくしょう、謀《はか》られたぜ」

暗闇から、三太夫の白い顔が抜けだしてきた。

なるほど、脇本陣は蛻の殻だ。

「丑松が居座っていた形跡もねえ。ごたいそうに、七曲がりの罠なんぞを構えやがって。そいつはおれたちを嚢中《のうちゅう》へ誘いこむ仕掛けだったてえわけだ」

「わざと誘ったというのか」

「ああ、たぶんな」

突如、焦臭さが鼻をついた。

どうやら、外から火を掛けられたらしい。

「へへ、丑松のやりそうなこった」

業火は強風に煽《あお》られ、瞬きのあいだに宿場全体へ燃えひろがるにちがいない。

「上宿の端から端まで焼きはらう腹なのさ」

「くそっ」

「このままじゃ焦げ達磨《だるま》にされちまう。外に出ようぜ」

三太夫は暗闇に溶け、そのまま、すがたを消した。

「おい、どこだ。三太夫」

呼びかけても、応じる声はない。

黒煙が蛇のように壁を這い、屋内に熱気が充満しはじめた。

九

八郎兵衛は手拭いで鼻と口を押さえ、裏口へ走った。

出入口は厳重に塞がれている。

仕方なく踵《きびす》を返し、表口から外へ飛びだした。

そこに、大勢の男どもが待ちかまえていた。

背後の脇本陣は紅蓮《ぐれん》の炎に包まれ、凄まじい勢いで燃えている。

灯りに照らされた男どものまんなかに、長身痩軀《そうく》の男が懐手で佇んでいた。

「丑松か」

浅黒い肌に匕首のように鋭い目つき。頬には深い刀傷があり、口端から耳まで切れあがっている。

痩《こ》けた頬と尖《とが》った顎の印象が、どことなく蟷螂《かまきり》に似ていた。

いずれにしろ、悪相であることに変わりはない。

丑松は、頭のてっぺんから疳高《かんだか》い声を発した。

「ほほう、おめえが伊坂とかいう野良犬かい。おきくのやつを、ずいぶんと可愛がってくれたらしいなあ」

くくっと笑い、丑松は乾分のひとりに顎をしゃくった。

乾分は闇に消え、なんと、おきくを連れて戻ってくる。

後ろに控えているのは、香具師の佐平次であった。

「伊坂の旦那あ、わるくおもわねえでくれ」

佐平次は、拝むような仕種《しぐさ》をした。

幾ばくかの報酬を得るために、おきくを丑松に売ったのだ。

八郎兵衛はひとことも発せず、ふっと肩の力を抜いた。

予感めいたものがあったせいか、口惜しさも怒りも感じない。

「ふふ、この佐平次って野郎はなあ、初手からそのつもりで荒川を渡ったんだとよ。なかなか気の利く野郎じゃねえか、なあ」

丑松はくっと顎をあげ、佐平次を隣へ呼びよせた。

「おめえにゃ褒美をやらなきゃな」

「親分直々《じきじき》だなんて、そんなあ」

「いらねえのかい」

「い、いいえ」

「欲しいんだろう」

「へい」

「ほれよ」

丑松は懐中から右手を抜いた。

きらっと匕首の刃が光り、佐平次の左胸に突きたった。

「うっ」

裏切り者の佐平次は、刃を握ったまま大の字に斃れた。

「火に抛りこんどけ」

と、丑松が怒鳴りあげる。

乾分ふたりが屍骸の両手両脚を持ち、炎のなかへ投げすてた。

つぎの瞬間、佐平次は空を摑むように起きあがり、そのまま黒焦げになった。

「さあて、つぎはおめえらの番だ」

丑松はおきくの黒髪を引っぱり、胸にぐっと抱きよせた。

「ひさしぶりじゃねえか。なあ、おきく」

長い舌を出し、おきくの首筋を嘗めまわす。

「おれの味を忘れたわけじゃあるめえ……へへ、そうかい、訊いてもこたえられねえんだったなあ。可哀相に、唄を忘れた渡り鳥になっちめえやがってよ。こうなりゃ死んだほうがましだろうが」

丑松はおきくの白い喉を鷲摑みにし、ぐぐっと力を込める。

おきくは手足をばたつかせ、仕舞いには白目を剥いた。

「やめろ、丑松」

「ふへへ、おめえ、こんな女に惚れたのけ」

「おぬしも惚れておったのだろうが」

「莫迦いっちゃいけねえ。霞の丑松が女に惚れるかよ」

丑松はおきくを突きとばし、地に倒れたところを踏みつけた。

おきくは喉をぜいぜい鳴らし、されるがままになっている。

八郎兵衛は堪《たま》らず、一歩踏みだした。

「おっと、近づくんじゃねえ」

鉄炮を構えた連中が、片膝立ちで狙いをつけている。

合図があれば、即座に引鉄《ひきがね》を絞る気だろう。

八郎兵衛は胸を張った。

「殺れ、ひとおもいに」

「そうはいかねえ。おめえはおれをさんざっぱら虚仮《こけ》にしてくれた。楽にゃ死なせねえよ」

炎は強風に煽られ、巨大な火鳥のごとく踊っている。

「うへへ、宿場ごと燃やしつくしてやる。おめえもよ、生きながら火に焼かれちまうがいいさ」

丑松は首からぶらさがった紐《ひも》をとりだし、先端の鍵をみせびらかす。

「これがなんだかわかるけえ」

「蔵の鍵か」

「そうさ、これまでに貯めた財貨が蔵に隠してある。ぜんぶで二万両は軽く超えるだろうぜ」

「なぜ、そんなはなしをする」

「とぼけるんじゃねえ。おめえの狙いはこいつなんだろう。おきくなんぞのために命を懸ける莫迦はいねえやな。おれが訊きてえのはよ、おめえが誰の指図で動いているかってことだ。ひょっとして、勘定奉行の遠山景元かい」

「とんだ見当違いだな」

「ほうか。ま、いいや。喋る気がねえんなら、死んじまいな」

居並ぶ銃口が火を噴き、鉛弾が八郎兵衛の手足を弾いた。

がくっと、片膝を落とす。

戸板を抱えた乾分どもが駈けよってきた。

抗う力を失ったところで戸板に打ちつけられ、粗朶のように火にくべられるのだ。

「おきく」

八郎兵衛は、地に伏《ふ》した女の名を呼んだ。

おきくはふいに顔をあげ、艶《あで》やかに微笑んでみせる。

「なぜ、笑う」

ふくよかな胸のなかで、導火線の火花が散った。

「二寸玉か」

八郎兵衛は瞬時に察した。

が、止められない。

おきくは渾身《こんしん》のおもいで、丑松の膝にしがみつく。

「うわっ、このあま」

蹴りつけても、おきくは離れない。

丑松は倒れこみ、空唾を呑みこんだ。

刹那、凄まじい炸裂音が轟いた。

おきくと丑松のからだが粉微塵《こなみじん》に吹っ飛ぶ。

と同時に、猛烈な爆風が襲いかかってきた。

「ぬおっ」

八郎兵衛は二間余りも飛ばされ、灼熱《しゃくねつ》の炎のなかで気を失った。

十

十日後。

蓬髪《ほうはつ》の物乞いが、暮れなずむ路傍にうずくまっている。

ぴくりとも動かず、遠くから眺めると黒い襤褸布《ぼろぬの》のようだ。

「野垂れ死にか」

ひとりの浪人者が近づき、物乞いの脇腹を蹴りつけた。

「やっぱり死んでおるようだな」

浪人は屈みこみ、物乞いを仰向けにひっくりかえす。

「おっ」

物乞いのくせに、刀を帯に差している。

浪人は周囲に人影がないのをたしかめ、鞘から本身を引きぬいてみた。

「ほう」

柄も鞘も焼けただれているものの、本身だけは眩《まばゆ》いばかりの光芒《こうぼう》を放っている。

「こいつは、できのいい刀ではないか」

嘗めるように眺めわたし、軽く振ってみる。

「死人には用無しだ」

どうやら、最初から物盗《ものと》りを狙っていたらしい。

浪人は自分の鈍刀《なまくら》を捨て、物乞いの腰から鞘を抜きかけた。

と、そのとき。

黒ずんだ左手が伸び、浪人の手首を掴んだ。

「おわっ、放せ」

驚いた浪人が振りはらおうとしても、大きな手は万力のように締めつけてくる。

「……た、たのむ、放してくれ」

懇願する浪人の肩が、ごきっと外れた。

脱臼《だっきゅう》した拍子に、刀を落とす。

あまりの痛さに、浪人は声も出せない。

物乞いがのっそり起きあがった。

「うげっ」

浪人は口をへの字に曲げ、仰けぞった。

相手は六尺はあろうかという大男である。

頬は削《そ》げおち、胸には肋骨《あばら》が浮きでていた。

まるで、亡者が地獄から舞いもどってきたかのようだ。

いつのまにか、刀を握っている。

「ここは巣鴨《すがも》か」

と、物乞いは掠れた声で問いただす。

「どうなんだ、巣鴨なのか」

「……そ、そうだよ」

浪人が痛みを怺《こら》えて応じると、物乞いは刀の切っ先を振りむけた。

「こいつが欲しいのか」

「いらぬわい」

「欲しいなら、くれてやってもよいぞ」

「えっ」

「だが、今少し待て。こやつに血を吸わさねばならぬ」

「ひぇっ」

閻魔の形相でぬっと迫られ、浪人は這々《ほうほう》の体《てい》で逃げだした。

虚《うつ》ろな眸子で見送る物乞いは、伊坂八郎兵衛にほかならない。

何日も行水をしておらず、露出した肌は垢《あか》と泥にまみれている。

蓬髪や着物は、とんでもない悪臭を放っていた。

垢を擦りおとせば、変わりはてた醜い顔があらわれる。

右半分の皮膚は無惨にも焼けただれ、肉がひきつったようになっていた。

なかば閉じた右目はよくみえず、鼓膜が破れたせいで右耳も聞こえない。
顔のみならず、首筋から背中にかけても重い火傷《やけど》を負っていた。
この十日間というもの、米はひと粒も口にしていない。
犬の糞《くそ》を漁《あさ》ったおぼえもあるが、記憶は曖昧模糊《あいまいもこ》としている。
覚醒《かくせい》しては泥水を呑み、ほとんど一日中死んだように眠っていた。
いっそ、野垂れ死んだほうがよいかもしれぬ。
死んでしまえば、これ以上楽なことはなかろう。
さきほどまでは、そんなふうに考えていた。
だが、物盗りに刀を奪われかけた瞬間、本能が悲痛な叫びを発したのだ。
熾火《おきび》のように燻《くすぶ》った炎が蒼白く燃え、眼球の奥に火花が散った。
——殺せ、殺せ、殺せ。
「狩らねばならぬ」
生きながらえた悪党どもを、是が非でも葬らねばならぬ。
そうでなければ、死んでも死にきれぬ。
八郎兵衛は蓬髪を靡《なび》かせ、裸足《はだし》で大路を徘徊《はいかい》しはじめた。
通行人の誰もが避《よ》けてとおり、唾を吐きかける若僧もいる。

「南無阿弥陀仏……」

どこからか、念仏を唱える声が聞こえてきた。

商家の門前に、老いた托鉢僧《たくはつ》が佇んでいる。

八郎兵衛はふらつく足取りで迫り、袈裟衣《ころも》にしがみついた。

「鉢の米を食わせろ。頼む」

捨てる神あれば、拾う神あり。

西の空から、一条のやわらかい光が射しこんでくる。

網代笠《あじろがさ》をかたむけた老僧は、慈しむような眼差しで微笑んだ。

十一

秋の夜空に月が皓々《こうこう》と輝いている。

勘定奉行橘将監の屋敷は巣鴨にあった。

中山道と日光街道に挟まれた広大な敷地で、堅牢《けんろう》な棟門《むなもん》の内側からは高笑いが聞こえてくる。

奥座敷の障子戸は開けはなたれ、月明かりに蒼白く浮かぶ中庭には萩《はぎ》が群生《ぐんせい》していた。石灯籠《いしどうろう》の灯りに照らされて、密生する蝶《ちょう》のごとき紅い花が濡れているようにみえる。


「うははは」

太鼓腹を抱えて笑うのは、上座で脇息《きょうそく》にもたれる橘本人だ。

「蟇目よ、さすがじゃのう。悪党どもに死神と恐れられただけのことはあるわ。なれどよ、これほどまでに事がうまくはこぶとはのう」

「丑松は思惑どおりに死んでくれ、われら影目付と霞小僧の繋がりは藪《やぶ》の中、町奉行風情に勘ぐられる恐れは微塵もござりませぬ」

堂々と応じてみせるのは影目付支配、蟇目半之丞にほかならない。

念流《ねんりゅう》の達人として知られる武芸者でもあるが、病人と見紛うほどに痩せており、顔は灰色にくすんでいる。

死神という呼び名は、みるものを嫌悪《けんお》させる面貌《めんぼう》からきているようだ。

一方、勘定奉行の橘将監は豚のように肥えた体軀を華美な衣裳に包み、額に吹きでる汗をしきりに拭っている。顔は狡猾《こうかつ》な狸によく似ており、顔色は朱を塗ったように赤かった。

狸奉行は扇子をひらき、忙《せわ》しなく扇《あお》ぎはじめた。

「それで、例の件はいかがした」

「例の件」

「とぼけおって、この」

「ふふ、丑松めが営々と貯めこんだ隠し金、しめて二万両余りにのぼりましたぞ」

「それよそれ」

「まんまと掠めとってござる。すべては御奉行の立身出世に役立たせるべきもの。黄金の座布団にお座りになる日も、さほど遠くはございますまい」

「蟇目よ、わしが老中になったあかつきには、おぬしを格別に引きたてようぞ」

「はは、ありがたきおことば」

「そちはわしの右腕、いや、両腕じゃ。ところで、くぐつ三太夫なるものは、いかがいたした」

「配下にくわえました」

「影目付にか」

「はい、あれはなかなかに智恵のまわる男。こたびの青図を描いてみせたのも、じつを申せば三太夫にございます」

「ほほう」

くぐつ三太夫は、丑松の命とともに隠し金を奪いとるという一挙両得を狙った。

この企てを蟇目の耳に囁き、水面下で協力を仰いでいたのだ。

「丑松は稀《まれ》にみるほど慎重な男ゆえ、隠し金の所在は本人以外に誰ひとりとして知るものはおりませなんだ」

隠し金どころか、丑松自身の所在すら、明確に知るものはいなかった。

ただし、そこは四天王の筆頭、くぐつ三太夫である。

丑松の性分から推して、隠し金をつねに本人の目が届く範囲内に保っておくにちがいないと予想した。すなわち、丑松という鼠さえ嚢中へ誘いこめば、おのずと隠し金もついてくると踏み、蟇目を通じて丑松側へひとつの策謀をもちかけたのだ。

「板橋上宿七曲がりの罠か」

「御意《ぎょい》」

蟇目は丑松に伊坂八郎兵衛を誘いこめと命じておきながら、真の狙いは丑松と乾分どもを囲いこむことにあった。

「霞小僧の首魁は、みずからの築いた罠に嵌《は》まったのでござります。おそらくは、それを知らずに死んでいったに相違ない」

「ふっ、知らずに死ねば成仏もできよう」

「正直なはなし、丑松本人が上宿の脇本陣にあらわれるかどうかは五分五分の賭けであったと、三太夫めは申しておりました」

「情婦《おんな》と伊坂八郎兵衛を餌《えさ》につかったのが効いたのう」

「情婦に未練はなくとも、情婦を寝取った男への恨み辛み、そして怒りが消えることはない」

怒りは殺意を呼び、かならずや、丑松はすがたをあらわすであろうと読んだ。

「男の嫉妬《しっと》は女よりも恐いというからの。三太夫なるもの、小悪党にしてはそのあたりの心の動きをよう見抜いておるわ」

三太夫の読みは見事に当たった。

香具師の佐平次を仲間に引きいれたのも、裏切りを見込んでのことだ。

おきくは三太夫の思惑どおりに敵の手に落ち、これを聞きつけた丑松は押っ取り刀で脇本陣へあらわれた。

「それにしても、凄まじきものは女の執念よ」

橘は狸顔をゆがめ、ぱちんと扇子を閉じる。

三太夫の筋書きによれば、丑松は八郎兵衛に斬られるはずであった。

ところが、情婦の手で爆死させられたのだ。

二寸玉の爆破を契機に、霞の一党は混乱をきわめた。

そこへ、見計らったかのように、蟇目配下の影目付たちが斬りこんだ。

雑魚どもはひとりのこらず斬りすてられ、捕縛された者はひとりもいなかった。

「屍骸はすべて火中に抛り、文字どおり、霞小僧の名は煙とともに消えてしまいました」

火のまわりは迅速をきわめ、上宿の旅籠や商家はことごとく焼けおちた。

ただ、一棟の古い土蔵だけが焼けのこったと、蟇目は自慢げに言う。

持ち主は板橋近在の庄屋ということであったが、調べてみると偽りであることが判明した。

「偽蔵《にせぐら》か」

「はい。丑松は偽蔵だけが燃えのこることを知っており、そのうえで脇本陣に火を放ったのでござります」

「なにゆえ、火を放ったのであろうの」

「すべてを灰燼《かいじん》に帰し、盗人稼業にひとくぎりをつけ、永久に江戸を去るつもりだったのでしょう。三太夫によれば、丑松は秋風が吹いたら足を洗うと、ふざけたことを抜かしておったとか」

「秋風が吹いたらか。盗人の感傷じゃ。おかげで墓穴を掘った」

「ということになりますかな」

「ぶはは、莫迦なやつめ」

三太夫はばらばらになった丑松の屍骸を拾いあつめ、蔵の鍵をみつけた。

影目付の配下ともども、焼け跡を隈無くさがしまわり、ぽつんと一棟だけ焼けのこった古い蔵をみつけたのだ。

「三太夫め、取り分を寄こせと申しましてな」

「ほう、いくら寄こせというたのじゃ」

「五百両にござりまする」

「不届き者め、払ったのか」

「ふん、五百両ごとき、くれてやっても差しつかえはござりませぬ。なにしろ、蔵には二万両が唸っておりましたゆえ」

「そうよな」

うなずきつつ、橘は浮かぬ顔をする。

「御奉行、どうなされた」

「いや、伊坂とか申す浪人者のことが、ちらと脳裏を過《よぎ》っての」

「ふうむ、さようで」

「南町の虎なる異名を、わしも聞きおよんでおったからの。かのものが遠山の密命を受けた隠密であったとすれば、捨ておけぬであろうが」

「ご安心なされませ。ただの噂にござりまする」

「屍骸はまだ、みつかっておらぬのか」

「あれだけの業火にござります。骨まで溶けたのやも」

「ならばよいがな」

「ほっ、豪胆な御奉行にしてはおめずらしい」

と、牽制《けんせい》しながらも、蟇目にも一抹の不安はあった。

伊坂八郎兵衛なる男、かりに遠山景元と繋がっていなくとも、生きていれば厄介な男に変わりない。

この屋敷にも配下を呼びよせ、警戒にあたらせたほうがよいと、蟇目はおもった。

と、そのとき。

突如、鼻を摘《つま》みたくなるような異臭がした。

橘は扇子を口にあて、ぶっと咳《せ》きこむ。

「なんの臭《にお》いであろうの」

蟇目は応じず、刀を摑んで中庭へ下りる。

小鼻を膨らませ、臭いのありかを嗅ぎだそうとした。

涼やかな風が吹き、石灯籠の灯りが揺れた。

「そこか」

蟇目は抜刀し、滑るように走りよる。

「どせいっ」

三尺の大刀を上段に構えるや、石灯籠をまっぷたつに斬った。

左右に割れた石灯籠の向こうに、人影はない。

「気のせいか」

発するやいなや、右脇の瓢簞《ひょうたん》池が盛りあがったかにみえた。

「うわっ」

夥《おびただ》しい水飛沫とともに、人影が飛びかかってくる。

「ふお……っ」

蟇目は凄まじい気合いに呑まれ、胸を反らした。

が、そこは並みの遣い手ではない。

咄嗟に一撃を弾き、逆《さか》しまに突きを繰りだす。

「うぬっ」

切っ先は相手の肉を刺しつらぬいた。

たしかな手応《てごた》えを得つつも、妙な感じをおぼえる。

「くっ」

蟇目の白刃が貫いたのは、人の顔であった。

蠟《ろう》人形のような顔が、鼻先に迫ってくる。

「……さ、三太夫かっ」

もはや、一滴の血も出ぬ死に首にほかならない。

三太夫の首を狩った男は蟇目の背後に立っていた。

「くおっ」

振りむきざま、蟇目は刀を薙ぎあげる。

つぎの瞬間、脳天に磐《いわ》よりも重い一撃を食らった。

「ぐひぇっ」

蟇目は潰れた。

返り血を避けもせず、血達磨の大男が振りかえる。

八郎兵衛だ。

すでに、人ではない。

地獄の獄卒であろう。

広縁でふらつく橘将監が、ぶるっと頬を震わせた。

「……な、何者じゃ」

「わしか、伊坂八郎兵衛よ」

「うへっ……で、出合え、出合え」

いまさら叫んでも遅い。

閻魔の使者は、のっそりと広縁へあがってくる。

「待て、待たぬか」

命乞いをする狸顔が、ずばっと水平に斬られた。

髷を突ったてたまま、顔の半分がずりおちていく。

「くせもの、くせもの」

用人《ようにん》どもが長い廊下を渡り、どやどや駈けよせてくる。

八郎兵衛は広縁から飛翔し、大鷲《おおわし》のごとく羽ばたいた。

十二

葉月《はづき》もなかばとなった。

朝夕の風は涼しく、露の結ぶ季節である。

道端には萩をはじめ、尾花《おばな》や撫子《なでしこ》などの七草も一斉に咲きはじめた。

往来では早朝から夕暮れまで、薄《すすき》売りや鳥売りが競うように売り声をあげている。

薄は仲秋の月見に供え、鳥は放生《ほうじょう》会《え》の際に放つのだ。

放生会には功徳を得るべく、鰻《うなぎ》や亀も池川へ放流する。

葉月はまた、精霊《しょうろう》の満ちる季節でもあった。

風もない待宵《まつよい》の夜更け、放し亀売り屋のある万年《まんねん》橋から大川をのぞめば、一艘《いっそう》の小舟がゆったり浮かんでいる。

「おや、月見舟かえ」

小太りの町人が、辰巳芸者の菊之助《きくのすけ》に声をかけた。

町人は横鬢の遊び人といった風情の男で、名は金四郎《きんしろう》という。

じつを言えば、遊び人に化けた北町奉行の遠山景元にほかならない。

「先を越されて口惜しいかい」

と、菊之助は流し目をおくる。

「よし、冷やかしてやろうじゃねえか」

金四郎はさっそく自分で仕立てた屋根船の船頭を呼びつけ、中洲にいる小舟のそばまで漕《こ》いでいけと命じた。

屋根船は鏡のような川面を滑り、ゆらゆら近づいていく。

艫《とも》にぶつかるほどまで近づくと、小舟の主《ぬし》が判明した。

むさくるしい浪人がひとり、釣り糸を垂れているのだ。

「なあんだ、くそおもしろくもねえや。若《わけ》え男と女がしっぽり濡れているとおもったのによ。なあ、菊之助」

菊之助という権兵衛名に反応し、浪人がこちらを睨んだ。

「ひぇっ」

辰巳芸者が驚くのも無理はない。

顔の右半分が黒く変色しているせいで、浪人の面相が化け物にみえたのだ。

「驚かしてすまぬ。詫《わ》びといってはなんだが、おもしろいものをみせてやろう」

そういって、浪人は一尺半ばかりの筒をとりだした。

金四郎が身を乗りだす。

「そいつはおめえ、花火の打ちあげ筒じゃねえか」

「ようわかったな」

「大川の花火はとっくに終わったぜ。今時分の花火は御法度《ごはつと》だあ。ぼんと打ちあげりゃ、お縄になる」

「おぬしが言うほど、でかい花火ではない。小さいだけに、つくるのには苦労したがな。ほれ、二寸玉だ」

「二寸玉か。それでも花火は花火だぜ」

「おぬし、町人にしては石頭だな」

「そうよ、おれは石頭の金四郎さ。おめえも名乗ってみろい」

「わしは伊坂八郎兵衛だ」

「ん、どっかで聞いたことがあっぞ……くそ、だめだ。おもいだせねえ」

「どこにでもあるような、つまらぬ名さ」

八郎兵衛は筒のなかに、二寸玉を仕込んだ。

菊之助は興味津々《しんしん》の様子で、瞳をきらきらさせている。

「こいつはな、惚れた女の供養につくった代物よ」

八郎兵衛は寂しげに笑い、導火線に火を点《つ》ける。

おもわず、金四郎と菊之助は両耳を塞いだ。

「あばよ、おきく」

――ぼん。

炸裂音が静寂《しじま》を破り、漆黒の空に季節はずれの華が咲いた。

「まあ、きれい」

菊之助は大喜びで手を叩いている。

可憐《かれん》な菊の花弁は一瞬の輝きをみせ、静かに消えていった。

小学館文庫
好評既刊

死ぬがよく候〈一〉
月

坂岡真

ISBN978-4-09-406644-9

さる由縁《ゆえん》で旅に出た伊坂八郎兵衛は、京の都で命尽きかけていた。「南町の虎」と恐れられた元隠密廻り同心も、さすがに空腹と風雪には耐え切れず、ついに破《や》れ寺《でら》を頼り、草鞋《わらじ》を脱いだ。冷えた粗菜にありついたまではよかったが、胡散臭《うさんくさ》い住職に恩を着せられ、盗まれた本尊を奪い返さねばならぬ羽目に。自棄《やけ》になって島原の廓《くるわ》に繰り出すと、なんと江戸で別れた許嫁《いいなずけ》と瓜二つの、葛葉《くずのは》なる端女郎《はしじょろう》が。一夜の情を交わした翌朝、盗人どもを両断すべく、一条戻橋《いちじょうもどりばし》へ向かった八郎兵衛を待ち受けていたのは……。立身《たつみ》流の秘剣・豪撃《こわうち》が悪党を乱れ斬る、剣豪放浪記第一弾！

小学館文庫
好評既刊

付添い屋・六平太
鵺の巻 逢引き娘

金子成人

ISBN978-4-09-406630-2

長年離れて暮らしていた穏蔵が、音羽の顔役・甚五郎の身内になって一月足らず。倅との微妙な間合いに、いまだ戸惑う、付添い屋稼業の秋月六平太。ある夜、仕事の帰り道で鉢合わせた賊を斬り伏せて以来、謎の刺客に襲われはじめる。きな臭さが漂う中、六平太は日本橋の箔屋から依頼を受け、千住の百姓家で暮らす幸七のもとへ、娘のお糸を送り届けることに。ひとり宿に泊まっていた六平太だったが、ふと、お糸の父・新左衛門の「なんとしても娘を連れ帰って下さい」という一言が思い浮かび、急ぎ表へ飛び出した。嫌な胸騒ぎが……。王道の人情時代劇第十二弾！

ISBN978-4-09-406555-8

突きの鬼一

鈴木英治

ISBN978-4-09-406544-2

美濃北山三万石の主百目鬼一郎太の楽しみは月に一度の賭場通いだ。秘密の抜け穴を通り、城下外れの賭場に現れた一郎太が、あろうことか、命を狙われた。頭格は大垣半象、二天一流の遣い手で、国家老・黒岩監物の配下だ。突きの鬼一と異名をとる一郎太は二十人以上を斬り捨てて虎口を脱する。だが、襲撃者の中に城代家老・伊吹勘助の倅で、一郎太が打ち出した年貢半減令に賛同していた進兵衛がいた。俺の策は家臣を苦しめていたのか。忸怩たる思いの一郎太は藩主の座を降りることを即刻決意、実母桜香院が偏愛する弟・重二郎に後事を託して単身、江戸に向かう。

突きの鬼一 夕立

鈴木英治

ISBN978-4-09-406545-9

母桜香院が寵愛する弟重二郎に藩主代理を承諾させた百目鬼一郎太は、竹馬の友で忠義の士・神酒藍蔵とともに、江戸の青物市場・駒込土物店を差配する槐屋徳兵衛方に身を落ち着ける。暮らしの費えを稼ごうと本郷の賭場で遊んだ一郎太は、九歳のみぎり、北山藩江戸下屋敷長屋門の中間部屋で博打の手ほどきをしてくれた駿蔵と思いもかけず再会し、命を助けることに。

そんな折、国元の様子を探るため、父の江戸家老・神酒五十八と面談した藍蔵は桜香院の江戸上府を知らされる。桜香院は国家老・黒岩監物に一郎太抹殺を命じた張本人だった。白熱のシリーズ第2弾。

小学館文庫
好評既刊

提灯奉行

和久田正明

ISBN978-4-09-406462-9

十一代将軍家斉の正室寔子の行列が愛宕下に差しかかった時、異変は起きた。真夏の炎天下、白刃を振りかざして襲いかかる三人の刺客。狼狽する警護陣。その刹那、一人の武士が馳せ参じるや、抜く手も見せず、三人を斬り伏せた。

武士の名は白野弁蔵、表御殿の灯火全般を差配する提灯奉行にして、御目付神保中務から陰扶持を頂戴する直心影流の達人だった。この日から、徳川家八百万石の御台所と八十俵取り、御目見得以下の初老の武士の秘めたる恋が始まる。それはまた、織田信長を〝安土様〟と崇める闇の一族から想い人を守らんとする弁蔵の死闘の幕開けでもあった。

提灯奉行 一寸法師の怪

和久田正明

ISBN978-4-09-406553-4

時の将軍家斉の御台所寔子の夢枕に一寸法師が立った。あれは水子として葬られた我が子・長丸に違いないという。異変を察知したお年寄り筆頭の今和泉は、過ぐる年、織田信長の残党・影母衣衆の魔の手から寔子を救った提灯奉行・白野弁蔵に探索を依頼する。弁蔵は御目付神保中務から陰扶持を頂戴する直心影流の達人だ。その矢先、城中から御台所と今和泉が失踪する。長丸のお骨は神君家康公を祀る久能山東照宮にあった。弁蔵はすぐさま、自分を親分と慕う鳶の朝吉と元辰巳芸者の君蝶を引き連れて駿河国に着到する。著者が全力を傾注して書き下ろすシリーズ第2弾。

―――本書のプロフィール―――

本書は、二〇一三年七月に徳間文庫から刊行された同名作品を、加筆・改稿して文庫化したものです。

小学館文庫

死《し》ぬがよく候《そうろう》〈三〉
花《はな》

著者 坂岡《さかおか》 真《しん》

二〇一九年九月十一日　初版第一刷発行

発行人 飯田昌宏
発行所 株式会社 小学館
〒一〇一-八〇〇一
東京都千代田区一ツ橋二-三-一
電話 編集〇三-三二三〇-五九五九
販売〇三-五二八一-三五五五
印刷所 ――― 中央精版印刷株式会社

この文庫の詳しい内容はインターネットで24時間ご覧になれます。
小学館公式ホームページ http://www.shogakukan.co.jp

ISBN978-4-09-406683-8